徽商故事 明代

HUI SHANG GU SHI MING DAI

李幼谦◎著

安徽师范大学出版社

·芜湖·

责任编辑:韩　敏

装帧设计:陈　爽

图书在版编目(CIP)数据

徽商故事·明代/李幼谦著. —芜湖:安徽师范大学出版社,2016.1(2018.12重印)

ISBN 978 - 7 - 5676 - 2262 - 3

Ⅰ.①徽…　Ⅱ.①李…　Ⅲ.①故事—作品集—中国—当代　Ⅳ.①I247.8

中国版本图书馆 CIP 数据核字(2015)第 274790 号

徽商故事·明代

李幼谦　著

出版发行:安徽师范大学出版社

芜湖市九华南路 189 号安徽师范大学花津校区　邮政编码:241002

网　　址:http://www.ahnupress.com/

发 行 部:0553 - 3883578　5910327　5910310(传真)　E - mail:asdcbsfxb@126.com

印　　刷:日照教科印刷有限公司

版　　次:2016 年 1 月第 1 版

印　　次:2018 年 12 月第 3 次印刷

规　　格:700×1000　1/16

印　　张:16

字　　数:215 千

书　　号:ISBN 978 - 7 - 5676 - 2262 - 3

定　　价:29.80 元

总　序

　　徽商是指历史时期(主要是明清时期)徽州府六县(绩溪县、歙县、休宁县、黟县、祁门县、婺源县)的商人所组成的松散的商帮集团。

　　徽商走出丛山,奔向全国,向以从商人数众、经营行业多、延续时间长、活动范围广、商业资本大而成为历史上的一个著名商帮。徽商的出现,在中国历史上是一个非常重要的现象,更是一个奇迹。

　　六百年徽商,对我国封建社会晚期的政治、经济、文化、社会等各个方面都产生了重要影响,它已引起中外很多学者的高度重视。

　　自从20世纪80年代以来,学术界就出现了"徽商研究热",学者们从不同角度、用不同的方法研究徽商,研究成果层出不穷,研究水平不断提高,大大深化了我们对徽商的认识。随着徽商研究的深入,人们越来越感到,徽商精神是我们当今社会宝贵的财富,进一步发扬徽商精神,对于我们今天繁荣社会主义市场经济、构建社会主义和谐社会,有着重要的现实意义。

　　徽商研究虽然取得了丰硕成果,但是这些成果基本上还没有走出学术圈,社会大众对徽商还是知之甚少,他们对徽商的了解基本上还是通过一些传说故事、电视小说而获得的，而这些往往是不准确的。

历史上的徽商究竟如何？徽商是怎么发展起来的，又是怎么衰落的？徽商做出了哪些贡献？我们今天从徽商那里应该学习什么？我们觉得应该在广大群众中大力普及徽商知识，弘扬徽商精神，传播徽商正能量。为此，我们编写了这套丛书，共有八本：《第一商帮》《贾而好儒》《经营之道》《仁心济世》《商界巨贾》《无徽不镇》《徽商故事（明代）》《徽商故事（清代）》等，分别从某一侧面较为详细地展示徽商鲜为人知的地方。为了便于广大读者阅读，我们力求做到科学性与可读性相结合，运用通俗的文字表达出来，同时配有大量插图和照片，以帮助读者进一步了解徽商。

丛书之所以命名"解码徽商"，就是要将历史上徽商的真实情况介绍给广大读者，因此全套书的写作都是严格依据史实来编写，即使是徽商故事，也不允许杜撰，而是完全有史实根据的。

习近平总书记号召，要大力弘扬中国传统文化。徽商精神也是中国传统文化的一部分，我们希望通过这套丛书为响应习总书记的号召做出我们微薄的贡献。

王世华

目 录

坚决不卖黑心米

嘉禾地区这一年遭了特大旱灾，粮食金贵，一斗米要卖一千文钱，就这样，市场上还没有粮食可卖。

歙县米商胡山从外地运来一批粮食，急不可耐地要售出去赈济灾荒。刚刚要开门，几个人就涌来了。他还以为是来买米的，谁知道一看，都是街上的同仁们，有张掌柜、钱掌柜、文掌柜等，他们堵在门口，制止下铺板的伙计，让他们叫老板来。

胡山莫名其妙，问他们是不是缺少米，要从他这里调拨一点。

领头的张掌柜说："我们都弄到米了！只是叫你不要忙着开门，要开门我们一起开，免得把你大门挤倒了。"

胡山说："百姓们盼粮食望眼欲穿，既然都有米了，我们大伙儿一起赶紧卖呀！"

钱掌柜说："别忙别忙，我们还没有准备好呢。"

胡山想不通，卖米要准备什么？有升有斗就可以计量了。

戒欺匾

徽商故事（明代）

文掌柜轻声对他说："现在米正紧俏，我们几个商量了一下，还是那个价格，但是我们可以掺一半陈米、霉米、杂米……这样我们可以趁机捞它一把。"

其他几个商人也连连点头称是，说："要干大家一起干，这满城就没有好米孬米之分了，只要他们不想饿死，非买我们的米不可。"

胡山大吃一惊："粮食是保命的，怎么能掺假呢？"

张掌柜说："孬米只是味道有稍许不同，不照样吃么？有粮食吃就不错了，也吃不死人的。我们千方百计弄来的米，成本本来就高，再不趁机多卖点儿钱，那不是亏死了？"

"别骗我，除了路远一点，多些运费，这成本也增加不到哪里去。何况本来已经提高了价格，再往好米里面掺坏米，那不是坑人吗？"胡山连连摇头。

钱掌柜好言相劝："我们这一条街的同仁们都是为你好，你怎么还不领情，说我们坑人呢？"

文掌柜也说："人不为己，天诛地灭，有机会不多赚一点钱，你是傻瓜呀！"

"你们为我好，我们更应该为老百姓好，灾荒年里，灾民们已经很可怜了，我们有吃有穿，怎么不能多体谅体谅他们？人的欲望是无止境的，但不能为一己私利违反天理呀。我坚决不做这等昧良心的事。"胡山说完就把他们往外推。

"你这个人真是四季豆不进油盐，我们好说歹说都不听。"几个人出门又回过头来威胁他，而且商量好了对付他的办法。"好，你要不听我们的，我们让你的米卖不出去！"

胡山不理睬他们，自顾自地开了米店的大门，马上就有人来买米了。可是，没多久，就有人喊了起来："别在这边排队了，那边米店也开门了，每一斗还便宜五文钱。"

"哄"的一声,排队买米的人一哄而散,都到那几家买米去了。

胡山明白了,原来他们说让他卖不出去,就是一起压价啊。可是,他们的米,就是便宜五十文,也有很大的利润,因为他们掺杂变质的粮食啊。但他什么也不说,只是坐在店里静观其变。从那几家买了米来的人,有从他家店铺路过的,还对他家指指点点,指责胡家的米卖贵了。

可是,过了几天,在前面几家买米的嚷嚷起来了,一个个跑去要退米,说他们的米里面有沙子,说米饭有霉味,米虫很多,质量太差。那几家的掌柜不理不睬,说家家的米都是这个样子,年成不好,当然也没有好米了……

在胡山家买到米的人都说米好,传出去了以后,家家都转身来买好米吃。

那几家粮商看见胡家门口生意兴隆,每天买米的人排队,可是他们米店再也没人光顾,米蛾子满天飞,米不仅卖不出去,蚁啃虫蛀,几个月之后一起霉烂了,全都赔了本。

满街人纷纷骂那几家粮商黑心,赞扬胡山的米行是良心店。

胡山仰天长叹:"天理二字,五常万善莫不由之啊。"于是,把胡记米行的招牌换成了一块大横匾,黑底上面三个大字"居理堂"金灿灿的,来往的人都驻足观看。

几个同仁折了大本,充满嫉妒地打量着这块招牌,十分不解地问:"胡掌柜,米店怎么换了名字?"

胡山微笑着说:"让这招牌随时提醒我,'存天理,遏人欲'才是我们经商之道,你们说是不是?"

几个粮商面面相觑,灰溜溜地走了。

做清吏之父

明嘉靖年间,歙县丰南吴一莲是淮海业盐的徽商。他有一个儿子,饱读诗书,中举做官,步步高升,离家越来越远,因而难得回家一趟。

在儿子往西关负责收税时,已经做官二十多年了,老夫妻俩这才决定到官署去住几天。

多年不见父母,儿子十分高兴,连忙为他们接风洗尘,安排他们在官署里住下,说自己公务繁忙,没时间陪他们玩,让他们自己出去走一走看一看。

吴一莲还是那个话:"儿子啊,你尽量努力去办公事,不要顾及我们,家里我们都能够勉力维持,到这个地方来,更不需要你操心的。"

转了几天,一天吃晚饭的时候父子相聚。父亲问儿子在西关主要是干什么事的?儿子说负责税收。吴一莲叹了一口气说:"我转了好几家店铺,发现你们的税收实在是太高,各家商人被盘剥得吃不消了,如果商店倒闭,你们又到哪里征税呢?"

儿子点头称是,说:"儿子到归安去当县令的时候,父亲就告诫我,那里虽然有一些富翁,但是山多地少,赋役繁杂,老百姓日子过得很艰难。儿子遵循父命,访贫问苦,体恤民生,实实在在为老百姓干了一些事。但是到这里来只管收税，不能主政，有的问题不好解决呀，还盼父亲谅解。"

父亲说："我能理解。你刚入仕的时候，我送你'宁静'、'淡泊'二语，那意思就是要你体民情，解民困，勤勉政事，你看能办多少是多少吧。"

"那，父母稍安，儿子就去办公了。"

母亲还想和儿子多说些话，但是看到他匆匆忙忙的样子，也不便多说了。半夜睡不着，见书房里还亮着灯光，拉着丈夫过去看。深更半夜了，儿子还伏在桌子上阅案宗，母亲心疼，冲着窗户里喊："儿子啊，天不早了，明日还要早起干事的，早点安睡吧。"

黟县西递追慕堂

儿子听见来开门，要父母去休息。吴一莲就说："你忙你的去，年纪轻轻的，应该吃点苦，仔细点，多多上心啊，都是关系到百姓生死的。"说着拉妻子走了。

儿子尽量减免实在贫苦百姓的赋税，他们得知，是吴老经常提醒儿子为百姓着想的，十分感动，悄悄来给他送礼。

吴一莲坚决不收，说："我是当父亲的，告诫儿子是我的本份，他为你们办事，是他的本分。你们如此高看我，我哪里敢当啊！礼物是无论如何不收的。"

儿子的下属也带点东西来看两个老人，说他们只是尽点地主之谊，不成敬意。

吴一莲马上把他们的礼物放在门外去，说："我让儿子不能收受礼品，我自己就更不能收礼品了。既然教育儿子做清官，我难道不更应该做清官的父亲吗？如果你们不把东西带走，我就让儿子亲自到你们府上去奉还。"

谁还敢再送礼了呢？吴一莲担心干扰儿子做事，决定还是与妻子回乡，临行前再三告诫儿子："一定要存好心、行好事、说好话、亲好人啊。"

有这样清廉的父亲，当儿子的不清廉都不行啊。

吴 公 放 粮

崇祯十三年(1640),云间(现在属于松江一带)发生了一场巨大的灾荒。

正是青黄不接的时候,百姓都断了粮,等新麦子上来才有吃的,最少还有半个多月的时间,老百姓骨瘦如柴,面有菜色,生命危在旦夕。

徽商吴仰公是个粮商,早在饥荒刚刚有些苗头的时候,他就带着船往上游去了,在外地收购了一船麦子,赶到云间,正好可以用来救灾。

还没靠岸,就被另一条商船拦住,对方也是一个粮商,说要买下他全船的粮食,不惜重金。吴仰公问他买这么多干嘛?那个商人说,他在这里的粮仓都空了,老百姓拿着钱都没处买粮食,有这么多粮食,他就能做大生意了。

"你想趁机卖个好价钱是不是?"吴仰公见那人尴尬地笑笑,看出他的心思,说,"我只是用来给饥民救命的,不是用来卖高价的,与其让你卖,不如让我自己卖,大路朝天,各走各的吧!"

担心有人拦路抢劫,他吩咐手下人把货物全部盖上,别让人看出来船上装的是粮食。

靠岸以后,他即去找粮商租赁铺面。走上街市,看见许多讨饭的人，多数商铺也关了门，连他联系好的商铺都挂着牌子："粮食告罄"，只好到粮商家里找人。

刚刚转身，一个老头把他拦住了，哀告道："客官行行好，你把这个孩子买下来吧！"

这个老人形同乞丐，满面菜色，皮包骨头，旁边站着一个十来岁的孩子，头上插个草标，大头小身子，有气无力地耷拉着脑袋，茫然地望着眼前的人。

吴仰公问老者："这孩子是你什么人？"

老人说："这是我儿子啊！"

他是因为饥寒交迫显得苍老呢？还是因为他老年才得子的呢？吴仰公追问："你有几个儿子啊？"

"客官啊，我只有这一个儿子，眼看就要养不活了啊。"

吴仰公问："你就这一个儿子，卖了以后，谁给你养老送终？"

"谈什么养老送终啊！现在过一天是一天！"老人说着，两眼流出泪水，"我不卖他，他与我一样要饿死。让他跟你去有碗饭吃，我也可以换点粮食，保住自己不饿死吧！"

吴仰公可怜他们，掏出一些钱给孩子："你去买点吃的，和你父亲两个充饥吧！"

老人摇摇头说，让孩子别接钱："大官人，最好能给我们一点米面，现在就是有钱都买不到粮食啊！"

听到这里，吴仰公突然下了决心：粮食不卖了，全部用来救济灾民。

于是把他俩带到船边，让手下人掀开盖小麦的草帘子，拆开一袋小麦，往他们讨饭的口袋里灌了两斗小麦。

提着袋子，孩子迫不及待地抓起一把生小麦就往嘴里塞，嚼得满嘴都是白粉，几乎要噎住了。

父亲赶紧拉着孩子跪在船前磕头:"感谢恩人啊,这下我们爷俩能活命了——"

"快起来,"吴仰公对他们说,"你们赶紧到街上去,让那些饥民带着口袋,都到这码头上来,我给每人发一斗麦子,送给他们度饥荒……"

还有这等好事?听那父子两人一吆喝,饥民们蜂拥赶来。

担心他们拥挤,吴仰公派人下船维持秩序,让他们排好队伍。他站在船头说:"看见此地闹饥荒,我于心不忍,决心把自己打算出售的小麦捐出来给大家救急,每人发一斗小麦,你们拿回去节省度日,可以免除饥饿,熬到新麦上市,一个个来吧!"

见船前已经排好队伍,他亲自一斗斗量好小麦分给大家。饥民们无不奔走相告:"吴大善人发粮食了,每人一斗啊——"

这消息传开,人们纷纷赞誉:古有包公陈州放粮,他那放的是国家的粮,今有吴公放粮,放的是自家的粮食,真是义薄云天啊!

大义退歹徒

　　明代嘉靖年间的佘文义是个乐善好施之人，一向济危救贫，为着公众利益，大把大把地花钱也不心疼。比如说：构建义屋几十间，给乡亲中没有房子的人居住；购买义田一百多亩，给乡间没有田地的人耕种；建立义塾，让家族中读不起书的人上学……

　　他花钱最多的是造桥。

　　明代嘉靖丙申年（1536），他的家乡因为一条河的阻拦，来来往往的行人很不方便，摆渡过河经常发生意外。

　　他决定出资造桥，桥的南头建在文几山侧，北岸搭建在逍遥堤。那一座石桥花费了三年多的时间才建成，有 7 个桥洞，长 40 多丈，高 4 丈，两边围有石栏杆，两端都有华表，桥中间还竖起了楼榭 7 间；下面是亭子，供人休息；上面是楼阁，供神祇的灵位；如果行人绕游廊行走，还可以向远处眺望景色，这不仅方便了过河之人，而且成为全镇的门户。为此，他捐助了四千多两银子。

　　桥建成之后，在当地成为一道亮丽的风景，当地人们称之为"佘公桥"。名士少宗伯吕楠（字泾野）为此桥题名，大学士李春芳（字石麓）为桥作记。徽州太守请他充任乡饮大宾，还给他的门额题写了"范蔡遗风"四字作为表彰。

徽州廊桥

"这个姓佘的人太有钱了,把一座桥都建得这么华丽。"有人夸奖,也有人嫉妒。没有多久,居然有人心怀不满,把桥梁中间的楼榭纵火烧毁了,幸亏桥梁是石头砌成的,能保持畅通。更有人窥欲他的富有,决定打劫。

一天深更半夜之时,十几个强盗趁着朦胧的月色来了。一人翻进院墙,悄悄打开大门,另外的人潜入院子里,正要到各个房间抢劫,正门打开了,里面灯火通明,一个高挑的瘦削男人走出来,轻轻咳嗽一声,像使了定身法一样,所有强人站在原地不动了。

这人正是佘文义,青布鞋,蓝布袍,着装整洁,却又简洁朴素,向进来的人拱手作揖:"请问诸位,深夜造访寒舍,有何贵干呢?"

不知道这是佘家的什么人?领头的强人把手中的大刀挥舞了一

下，厉声说："把你们家的佘文义给我叫出来！"

佘文义不惊不慌地说："在下便是，你们有何见教？"

大富翁竟然就这个样子，装穷吧？多数人有几分犹豫了，只有头儿继续发飙："你家里那么有钱，借几个给我们花花。"

"弟兄们原来为这个事情哦，"他装作很不以为然的样子说，"可惜啊！我有一些做生意的资金，但都在经商之地汴梁。这次回乡，买地二十五亩构建义冢，给乡里逝世者安葬需要。家里没有多余的钱了。如果你们真的急需，待天亮之后，我再慢慢筹措好吗？"

有人嚷嚷起来："你家里怎么会没钱？仅仅造桥就花了四千多两银子，做那么漂亮有屁用，还不如给我们填肚子。"

佘文义回答道："因为这座桥不仅为了方便行人，也是我们镇上的门户，所以造得漂亮了一些，不知道碍了什么人的眼，居然把廊桥烧毁了。我想把它重新修建起来，为家乡尽一点绵薄之力，却缺乏银子，只能如此了，还请大家谅解……"

多数人听到这里都有几分难为情，想这佘公义薄云天，我们却来打劫他，相比之下，正邪何等鲜明，于是都退出院子了。

但是，几个头领却不甘心，在一起商议说："姓佘的装穷，我们怎么就被他蛊惑跑了呢？好歹他也要出点血吧！"

于是第二天有人装和尚、有人装道士陆续前来，有人说要修庙，有人说要修塔，都要化缘。佘文义只好舍财免灾，按他们的请求捐钱应付，前后也花费了将近两百两银子。

善心救了父子俩

鲍邦珍从浙江到汴梁经商，路途很远，船行又慢，一天他在晃晃悠悠中打瞌睡，忽然听见有人呻吟，顺着声音看过去，那是一个读书人。

上船之时打过招呼，知道他是河南杞县的秀才，名叫王景昙，想是路上受了风寒，头痛发热了。

鲍邦珍常年在外奔波，身上带有中成药，于是拿出来，走过去用热水化开，一勺一勺地喂他。

王秀才吃了药，很快入睡了。到吃饭的时候，鲍邦珍见他醒来，又要了米汤，化开药丸，再一次给他喂药。等他好点，又给他喂稀饭……他就这样不厌其烦，连续几天伺候一个陌路相逢之人。船快要到码头了，王秀才的病也好得差不多了。

他要到河南考城需要赶路，鲍邦珍完全可以自己走开，但想到王秀才要去赶考，病体尚未痊愈，再陪走一截吧！

他俩人下了船，秀才担心误了考期，要连夜赶路，鲍邦珍也只好陪着。不料夜黑风高，他们遇到强盗，身上带的财物大部分被抢劫了，两人也被冲散。

到处找不到王秀才，是不是掉到水里淹死了？没有死于疾病，难道死在路途中了吗？

"王秀才呀,你好命苦啊——"鲍邦珍一边呼喊一边大哭。

"鲍恩人,我没死啊,我来了——"王秀才听到他的哭叫,从芦苇丛中跑了出来,两人相见,都庆幸死里逃生。商量了下,决定到开封府申诉自己被抢之事,要回自己的钱财。

开封太守也不怠慢,派衙役抓到了十多个强盗。那些人已经把钱财分光了,用完了,交不出来,胡乱栽赃,说他们抢劫来的钱放在王敬家中。那人只是一个平民,突然被诬告是强盗的窝主,被抓来之后大呼冤枉。

见他不像是刁蛮之人,为自己申辩也说得有根有据,绝对不是窝主。鲍邦珍便抱着息事宁人的态度,禀告太守说:"既然他能够证明自己清白无辜,我想不应该冤枉好人,您放了他吧! 我损失的财产算了。"

连太守也为他感动了,王秀才也与他结成莫逆之交。两人分手,他又继续到汴梁经商。

却不料,到了明代弘治己酉年(1489),汴梁遭遇饥荒,有许多人卖儿卖女。其中有一个清秀的少年头上插着草标,当街出卖。一问,卖

开封府城墙

他的人居然是个秀才,说是养不活孩子了,只有放他一条生路。鲍邦珍心生不忍,掏钱把少年买下来,带回家里,教他读书,当儿子一样养着。

一天,两人闲谈,鲍邦珍问少年,父亲为什么舍得卖他?少年哭了,说卖他的秀才只是他的养父。

难怪哩,鲍邦珍又多问了一句:"你的亲生父亲是谁呢?还记得吗?"

收留他的鲍掌柜简直就是他的再生父母,如此亲切的关怀令少年感动,哭着说:"我还记得,亲生父亲叫王景昙,也是个秀才。一天我在外面玩,被人诱拐,卖到了现在这个秀才家,可能,父母亲还在苦苦地寻找我呢!"

"还记得你父亲的样子吗?"鲍邦珍突然心头一动,急切地追问。

孩子一五一十地说出模样,他的父亲居然就是那曾经一路同行的王秀才呀。鲍邦珍感叹道:"天下竟然有这样巧的事,我认识你的父亲,我们一路同船,还送他去赶考的。"

"你认识我爹爹,他在哪里?"孩子也迫不及待地问。

"好,我带你去找他。"他放下自己的生意,找到了王秀才。父子团圆,抱头大哭一场,半天王秀才才想起来,问鲍兄买自己儿子花了多少钱?

鲍邦珍已经走远了,转回身来摆摆手:"你们父子重逢我就十分高兴了,那些钱就算我给你们的贺礼吧!"

助贫妪，帮到底

鲍邦珍是棠樾鲍氏第十四世祖，生于明代宣德癸丑年(1433)，卒于正德辛未年(1511)，人们说，他之所以高寿，就因为积善成德，做了许多好事。

年轻的时候他经销茶叶。一个春明锦和的日子，春茶将要上市，他回到家乡歙县小洲去收购茶叶。他为查看茶叶质量便深入到深山去采购。

汪裕泰茶号商标

山路弯弯，坎坷崎岖，远远看见前面有个老人在艰难地翻山越岭。渐渐走近，才看清楚是一个老妪，头发花白，腿脚也不利索，慢慢地在前面走着，他还顺口说了一句："乡民生活不易呀！这么大年纪了，还要翻山过岭……"

他正在感叹，前面的老人却突然倒下去了。不好，她摔倒了吗？就要过去看。领路的茶农却说：

"掌柜的，多一事不如少一事，万一被她赖上，说我们把她碰倒的，岂不是吃不了兜着走？还是看茶要紧吧？"

"不能不管，她万一摔得不能走了，这里行人不多，谁来帮扶她？看茶叶的事明天再说吧！"鲍邦珍甩开茶农，带着随从就赶过去了。

老太太躺在地上呻吟不已，他试着要扶，她说左腿疼痛难忍，起不来了。鲍邦珍知道，这老人一定是腿摔断了，于是叫随从背起她，自己跟随在后面，按照老太太的指引，把她送回了家中。

进门一看，一间茅屋，家徒四壁，十分凄凉。问她家中还有何人？老太太说只有一个儿子，在外地为人帮工去了，她一个人在家里，所以凡事都要亲历而为，今天就是想上山砍柴的，没想到摔断了腿，这日子怎么过啊？说着哭起来了。

随从把老太放到床上，催促掌柜去办事。鲍邦珍说："我们走了，这老太太怎么办？这样吧！你去找附近的医生，我来找一找她家的邻居。"

他们分头行动，鲍邦珍找到离老太太家最近的邻居，请他们帮助照料老人。买了一些米和柴，叫人送到她家，还给了一些钱。

这时，随从已经把医生带来了，一检查，果然是左腿摔断了，上药后再用木片固定，医生说要养息一阵子。

鲍邦珍说："我已经找到邻居照看了，他们一定会来的。"

医生奇怪了："你们不是她的亲戚？"

随从说："我们根本不认识她。这是我们老板，是到这里来买茶叶的，看见这老太太腿摔坏了，就来帮扶她。"

"她是不是因你们受伤的？"医生还有几分不信。

老人自己说了："与他们无关啊，我自己摔倒的，不是他们搭救，我晚上就要在山里喂狼了——真是好人啊！"

医生赞不绝口，说救死扶伤还负责到家，这种人太少了。

　　鲍邦珍说："帮人就应该帮到底嘛。"

　　随从说："我们掌柜还真是救死扶伤的好人哩。在家乡的时候，看见一个跳水自尽的妇女，亲自下水去把她救起来，放于牛背上，让人牵着牛走，那个跳水的女人把喝到肚子里的水吐了出来，居然活到现在，全家人都感谢他呢！"

歙县棠樾牌坊群

解囊，为邻里排解纠纷

生于明代成化己丑年(1469)的黄崇德，是竦塘黄氏家族的人，生来"闲雅静默，机神爽悟，风仪秀整，言笑不苟"，有一副读书人的斯文模样。然而"事当利害之际，犹如曹操临阵，神开气定"，很有决断能力，如同一个指挥若定的将军一样。

年轻的时候，黄崇德就通经研史，有志于科举，想走一条读书做官的道路，正想参加科举考试的时候，父亲黄文裳却对他说："象山之学（南宋哲学家、教育家陆九渊），讲究的是以治生为先啊。"

父亲也是郡博士弟子，说出的话有道理。黄崇德明白父亲的意思了——必须先要有物质基础才能做学问啊。于是遵循父命，带着本钱到山东经商。开始做布帛服装生意，赚取了第一桶金。积累了资金之后，看到经营盐业盈利更多，便转徙到两淮经营盐业，很快就累资巨万。

资财日饶，富甲里中，他在扬州建起了连栋广厦，买了许多肥沃良田。自己富裕了，还不忘乡亲族人，在州间之间"津津行德，泽及乡党"，不但救济贫困家乡人，而且带领他们的弟子到淮南经商，传授经验，提携他们。两淮盐场上，一支资本雄厚、从业人员众多的盐商队伍，几乎都是他带领的竦塘黄氏人。

回到家乡,遇到乡亲们难以处理的矛盾,他也挥金相助。

嘉靖年间,他回老家办事,走过街衢,发现两人纠打成一团,赶紧上前,一看是乡邻,拉开他们,问发生了什么事情,非要打架解决不可吗?

比较瘦的人说:"我和他是邻居,后院只隔了一道篱笆。昨天在后院晒帽子,晚上收回家的时候,发现冒正不见了,没人能进后院,一定是他家人拿去了。"

"老鬼见到你的冒正啊。"比较胖的那人分辨道,"你这家伙冤枉我,正人君子以玉比德,你也配有冒正吗?"

黄崇德知道,他们说的冒正,是指帽子上装饰的翡翠,又叫帽准,有圆形、方形、多边形等,钻孔后缝缀在帽子前端。戴上应该对准鼻尖,所以叫冒正。于是就问瘦子,那块玉像什么样子?

瘦子说,是上圆下方的,螭龙纹的纹饰,祖传下来,十分珍贵。

胖子急红了脸,捶胸顿足,赌咒发誓,说他根本没看见过。

黄崇德连连摇头:"你这样说不对了,你两个是邻居,早上不见晚上见,怎么可能没见过呢?"

"我们平时相见只是打个招呼,谁往脑袋上看? 你不就是读了几天书么? 而且,我根本也没注意你在后院晒了什么。"胖子反问,"谁能证明你没有把冒正摘除再晒帽子? 谁能证明你晒了帽子回家没有摘掉冒正?"

"我的帽子就是挂在篱笆上晒的。谁能证明我晒帽子时候上面没有冒正? 谁能证明你没有偷我的冒正? 君子无故玉不去身,没有玉石,帽子减色不少,你不赔我,我就要你去坐牢……"瘦子一把拉了胖子要去见官。

谁都没有证人,这真是一笔糊涂账。黄崇德只有劝他们:"算了,帽子上没帽花,也不能证明你不是读书人呀。"

瘦子不服气地说："你拉偏架呀，帮着小偷说话。"

胖子说："你诬告我，还不准别人说话？人家黄掌柜熟读圣贤书，上自春秋管子之书，中到西汉盐铁论，下至唐宋食货志和明代《大明会典》，他哪样不精通？而今是两淮盐商领袖，管理盐业的官员也向他咨询盐策，你还说他……"

"盐法与你们的纠纷无关，"见胖子扯远了，黄崇德做了个手势制止，继续说，"不过一个帽花——就是你们说的冒正，有多点大的事？打赢官司只能是一方，你们谁能保证自己获胜？"

两人都说自己准能赢。黄崇德摇摇头，对瘦子说："既然没人看见你的邻居拿了冒正，你没证人，如果判你诬告，你反而要受罚的。"

胖子喜笑颜开："对对对，我就要告他一个诬告罪。"

黄崇德又对胖子说："既然挂在篱笆上，伸手就能勾着，你也脱不了干系。"

那两人大眼瞪小眼，瘦子不甘心地说："我的冒正没有了，好值钱的东西呀。"

胖子也不甘心："他诬陷我，败坏了我的名声，我要告他。"

"看看，还吵。其实，你们要进了官府，对簿公堂对哪个都没好处，要想保全，只有和解。"黄崇德掏出一锭银子给瘦子，"算了，权当被鸟儿叼去了，我来替鸟儿赔吧。"

"黄掌柜，他耍诈，你还……"胖子不依了。

黄崇德眉头一皱，对瘦子说："你赶紧向邻居道歉，为他挽回名誉吧，否则两人都没好结果。"

黄崇敬在乡间之间素有声望，众人夸奖他有"李白散金扬州之风"。现在又慷慨解囊，促使他们纠纷和解，围观的人都劝解他们听黄掌柜的，一场纠纷才了结。

替母女洗冤

鲍邦珍在汴梁等地经商四十多年,行善仗义,结交了许多达官贵人,还曾在藩王周府中与众多名士一起饮酒。他的行善仗义之举,得到当地官民的称赞,呼之为"友善老人"。晚年回到家乡含饴弄孙,也时时不忘行善。

一天,正在家看书,突然一个女孩子跑进他家,进门就跪在地上磕头:"鲍爷爷,鲍奶奶,救救我母女两人吧。"

鲍邦珍忙叫妻子出来拉起女孩子,一看,是方亨的女儿,已经许配了人家,连聘礼也收了,只是还没有过门到婆家去,忙问她发生了什么事?

女孩子说,她们的邻里有一家失盗了,找不到偷盗之人,失主认为她父亲对他家里了解,说方亨就是盗贼的窝主。

鲍邦珍问:"你父亲不是早就经商出门去了吗? 现在回来了?"

"没有啊,所以明显是冤枉。"女孩子哭哭啼啼地说,"邻居家说父亲一定回来过,是我们把他藏起来了,也把他家失窃的东西藏起来了,逼着我们要。我们到哪里去找这些东西啊?父亲也不在家,没人做主。母亲被逼无奈,想一死证明自己清白,今天上午就上吊了……"

鲍邦珍大惊失色:"你母亲死了吗?"

女子哭得上气不接下气，说："幸亏我发现及时，救了下来，现在已经没事了，托小姐妹看着，我就来求鲍爷爷给我们做主啊。如果母亲死了，我也不活了……"

用生命来证明清白，真是值得同情啊。

鲍邦珍生气了："凭什么诬赖人家？我得去问个清楚。"

鲍妻也说："方小姐还没过门，若蒙这不白之冤，她将来怎么嫁人啊？"

鲍家夫妻本来伉俪情深，很有默契，于是妻子到方家去安慰母女二人，丈夫到失主家去询问情况。

到了被盗的人家，仔细询问他失盗的前因后果，问道："你家里丢失了珠宝，为何说与方家有关呢？"

失主说："只有方亨知道我埋藏的地点。"

"有人看见他回来了吗？"

"没人看见。但是，他可以悄悄回来，偷窃之后再走啊。"

"一个大活人，能够来无影去无踪吗？你可以派人去调查，你失窃的时候，方亨是否在他经商的地点。"鲍邦珍分析道。

失主还是强调："即使他本人没回来，可以让他妻子女儿偷盗的……"

"岂有此理！"鲍邦珍指责对方，"我乡民风一向淳朴，哪有让自己妻女偷窃的，被你们逼迫，方妻都要上吊了，什么财宝比得过生命宝贵？"

听说方家妻子上吊，失主也吃惊了，知道逼出人命，自己要吃官司的。听鲍邦珍分析了失窃的情况，排斥了方家作案的可能，又为其追查真凶提供线索，失主心悦诚服。

方亨妻女得到解脱，但是方小姐的婚姻遇到了麻烦，男方说她家有偷窃的嫌疑，就要退婚，方小姐又去寻死觅活的。鲍邦珍一生仁义，又劝说她的未婚夫,让失主登门道歉,挽回了这一段婚姻。

仁义者寿。鲍邦珍济人利世的事迹载入《义行传》中;在郡县官长视察乡里饮酒礼宴上,他作为嘉宾坐雅席;还曾受命督造渔梁坝,竣工后名字列于郡守之后。弘治壬戌年(1502),得到朝廷赏赐冠帽衣服的荣耀。

歙县棠樾从心堂

徽商有学问，官吏拜上门

明代的芜湖有一所深宅大院，每天传来朗朗读书声，这是典当商人汪可训家的孩子在学习。

书房正中一副对子"欲高门第须为善，要好儿孙必读书"，可谓开宗明义。一天堂中坐着五个孩子，一个在撰文，一个在习字，三个小的正在诵读。

先生来朋友了，便出去应酬。里面几个孩子到底年少，很快按捺不住。大哥说父亲送客去了，二哥说先生会客去了，三哥说没人管了，可以懈怠一会儿……于是嬉笑言谈起来。

他们的父亲回来，悄然进入后院，来到书房窗外听了一会儿，折身到自己房间，搬出一摞子书，一步跨进屋子，放下书，在桌子上重重地拍了一巴掌："岂有此理！没有大人看管，你们就没有学习自觉性了吗？"

几个孩子立即噤声，老老实实坐得好好的，只有第二个儿子嘀咕了一声："我们才歇一小会……"

"一小会也不行！"汪可训本人是太学生，他每年不惜重金，四处寻访名师来教导儿子学习，见二儿子竟敢顶嘴，拿起先生的戒尺，拉过他手，一气打了几下，那左手掌立即肿了。"你们读书，必须努力，这是我毕生未竟的事业，岂能容你们这群小子懈怠一日？"他又训斥道。

农村小学堂

　　见儿子们有的流露出不服气的神色，汪可训又说："我刚才去送一个官吏，两人在江边依依不舍，他不是冲着我们汪家有钱，我也不是达官显贵，只是因为你们父亲有学问，才与我交往的。你们必须更胜于父亲才行。"说着拍拍桌子上高高的一摞子书，"这是我过去学过的经书古文词，一个个必须给我学得滚瓜烂熟。"

　　先生回来，看见东家亲自督促儿子们学习，请他去忙自己的，接下来自己监督孩子们读书。老二左手肿了，右手拿笔依然写字，但连续不断写的却是"巴结"两字。

　　先生知道孩子心思，让他们都放下功课，听他介绍："不要以为你们父亲整天忙于应酬，是去巴结别人，其实，是因为他博学多才，名噪一方，名士缙绅都觉得与他交谈是一件快事。"

老大问道："先生，您是说，达官显贵反而是来巴结父亲的吗？"

先生点头："是也。就拿榷关主事的西蜀雷应乾公来说，他来芜湖上任后，听说你们父亲的大名，托人介绍，结识后言谈融洽，两人这才成了莫逆之交的。"

小儿子不太懂事，问先生："父亲既然有那么大的学问，怎么弃儒经商，没去考状元？"

先生这才把汪可训的经历告诉他们。

汪可训十三岁就应童子试了，按道理说，他应该参加乡试，但是科目繁多，参加考试的有近万人，往返路程近千里。而南京到芜湖才两百来里路，何必舍近求远呢？他干脆舍乡学而取国学。

于是就直接到京城拜访名师，就学于南京国子监。

那时汪可训年轻气盛，博闻强记，很快脱颖而出，交结了许多名士风流、社会贤达、达官显贵……但终因竞争激烈，没有中举，他是家中的大儿子，家庭需要他帮衬，这才结束学习，回到芜湖。但他的学问与见识都不凡，所以许多官员及名士如罗柱史、张铨部、程观察等诸位大人物都对他屈尊折节哩。

正说到这里，就听前厅传来呼叫："芜湖关事潘大人来访——"

"如何？这正印证我前面的话了吧？"先生得意地捻须微笑，"这潘大人是芜湖关事西蜀雷公的继任者潘二岳，你们父亲还没见过他哩，他就主动来拜见你们父亲了。"

孩子们这才对父亲崇拜得五体投地，从此专心学习。在父亲的督促下，长子成为秀才，第三个儿子二十出头就以贡生选入太学，以后汪家子孙几十人中举或做官。汪可训脱贾入儒、改换门庭的理想在他的后代中实现了。

古砚欣赏做交易

歙县汪道贯、汪道会两位兄弟都是有名的收藏家,常常不惜巨资求购古董。

有一次,他们获得了一方古砚,好不稀罕,于是邀请一些文人墨客来欣赏,当然少不了方用彬,因为他既是鉴赏家也是收藏家。

方用彬来了以后,捧起古砚一看,连声称赞好古砚:它一定出自于歙州婺源,用龙尾山歙石雕琢而成的,是鱼子罗纹老坑砚,石质细腻、致密、坚实,石色丰富多彩,还具有绚丽多姿的花纹,雕刻精细,工艺上乘。

歙砚

他看后轻轻放下,由衷地夸奖道:"好好,好砚台呀!细润如玉,最宜笔锋,发墨而不损毫,堪称中国四大名砚之一。"

听他这么一说,弟兄俩高兴了,都想学一招,央求道:"方兄是专家,能否指点一二?"

　　方用彬答应了，就给他们介绍古砚台收藏和鉴赏可以从质地、工艺、铭文、品相、装饰等方面分析。先看它的外形，这椭圆形为上品。再用手触摸古砚体会质感，这砚台感觉光滑，说明石质较好，能做到"夏天储水不易腐、冬天储水不易冰"。然后还需要掂量砚台，沉甸甸的是好砚台。最后再听它的声音……

　　他一边讲解，一边示范，用五指托空砚台，轻轻击打砚面，大家听见发出清脆的"喤喤喤"金属声，最后结论说："这就是歙砚的上品。当然，如果有铭刻、装饰、名家背景等更好了，这个没有，但也不影响它的价值。"

　　"受教了，受教了。"弟兄两个听他这么一说，愈发觉得这砚台是宝贝，他们觉得应该将目的和盘托出了。

　　一个就问他："方兄，你如此说好，比你收藏的朱日藩的两幅书法如何？"

　　"都不错啊。"

　　"我们与你交换如何？"

　　方用彬突然明白了，弟兄两个醉翁之意不在酒啊，原来邀请他来看砚台是有目的，是惦记着名家的书法作品呢！虽然书法也是好东西，但是，他们俩是汪道昆的弟弟，他哥哥既是文采风流的戏曲名家，也是官吏，还是抗倭名将，不看僧面看佛面，看在他哥哥的份上，也要做个顺手人情。

　　于是，他慷慨地说："不要换了，你们喜欢朱日藩的两幅书法，我送给你们就是。正好弟兄两人，每人一张，翌日即登门奉上。"

　　两兄弟也是君子，不接受他的奉送，一个说："不不不，我们怎能占你的便宜呢？我们还买过你的青花瓷瓶哩。上次想要你的菱镜，不就是用两只古碗换的么？"

　　另一个说："我们交换的东西多着哩，什么彭窑梅花碟、苏版《六子

书《楚辞》、画、手卷、端砚、宋版书等,这次,我们就用古砚换书法作品吧。"

"真的不用。二位兄台的古砚价值连城,朱日藩只是当代名流,两个价值不相等呀。"方用彬坚持说,"我们都是'丰干社'的成员,你哥哥还是这社的组织者,送朋友两张字算什么?"

弟兄两个觉得也有道理,既然价值不一样,也有些舍不得古砚了,想先得手,再日后酬价。

等方用彬把两幅字拿过来一看,朱日藩的书法的确不错,一问市场价格不菲,出手却那么大方,汪氏兄弟难为情了,不敢白受,最后找出来一只名贵的雕盘,赠给方用彬。

文人雅士,有来有往,这事在古玩市场留下一段佳话。

灶丁感谢大掌柜

这天,海滨盐场的灶丁们正在紧张地忙碌着,忽然发现一个衣着光鲜的人走来,立即惊喜地奔走相告:"黄掌柜来了——"一个个都放下手中制盐的工具,迎过来招呼他。

来人叫黄豹,是个盐商,每年都要运送许多粮食到边关,从官府换来取盐的证明盐引,再带着盐引来到生产盐的地方,等待盐生产出来,再运到指定的地区经销,来一趟真不容易,大家盼望他许久了。

这些人为什么这么欢迎他呢?他虽然是个大老板,却没有一点儿架子,盐灶灶丁们有困难都找他,他也慷慨地帮助大家。这不,他一来海滨就来看望灶丁了。

黄豹对大家拱拱手,向所有人打了招呼,问他们还有什么困难没有?

一个中年汉子赶紧走过来对他弯腰致礼,说:"真是谢谢黄掌柜了,没有您的资助,我连住的房子都没有。现在可好了,有遮风避雨的地方,家小也接过来了,妻儿老小天天感念您的恩德哩。"

另一个青年过来向他连连作揖:"黄掌柜,多亏您赠银子,我才有聘礼成亲啊。现在,我都快有孩子了,还没请您吃喜酒,怎么感谢您才好?"

"呵呵,孩子满月的时候,我如果赶上了,就来吃满月酒吧。"黄豹向他道喜。

盐灶灶丁们围过来,有诉苦的,有答谢的,也有人问:"黄掌柜,有钱有势的人,都看不起盐灶灶丁,你怎么对我们这么好啊?"

明清的盐场

"应该的应该的,你们每天晒盐好辛苦啊。"黄豹笑嘻嘻地说,"我是人,你们也是人,大家都是平等的。"

他心里却想起往事:尽管他家境比这些盐灶灶丁好得多,但少年的时候,看到那些富豪锦衣玉食,招摇过市,不是骑马就是坐轿,交往的都是达官贵人,把一般乡下人都看为卑下的仆役,摆出一副高高在上的样子,那时心中就愤愤不平,经常感叹:他们是人难道我不是人么?

所以,后来他抓住了机遇,从荆襄南楚,转战到涑塘黄氏族人业盐的淮南,靠着聪明干练,勤奋廉俭,又有族人关照,便如鱼得水,迅速起家了。当年就能自给,两年就富足起来,三年已经成为富商大贾。

　　虽然生意做成功了，发达起来了，但他能设身处地为人着想，对平民百姓有异于常人的关心。

　　正在这时，一个衣衫褴褛的人拉着他，眼里满是哀求的神色，知道他有话要说，黄豹跟着他走到一边去。

　　那人说自己是个逃债的人，因为在家乡遭遇困难，欠了税金，所以丢下一家老小跑到这里来，原想赚钱回去还债，可是收入微薄，连路费都赚不到……

　　黄豹知道他的困难，说可以送他十两银子："你拿去做路费，回家后把所欠的税收交了，一家人安安稳稳过日子吧。"那人当即跪在地下磕头感谢。

　　黄豹再问他哪里人？知道家住江南一带，就对他说，自己因为要转到扬州去发展，可以顺路把他带回去，免去一笔路费。

　　那个盐灶灶丁又是喜又是忧，喜的是自己可以同路返乡，免去路费，忧的是这里的盐灶灶丁们以后有难处，再也没人帮他们了，于是转身就告诉了大伙。

　　大家一起过来问是否这么回事？黄豹点头说："我今天来，就是向你们辞行的。"

　　听到这消息，大伙都依依不舍，有人甚至哭起来了，喊道："黄翁，您要离开我们去了，我们将来有困难怎么办哟？"

　　于是，海滨的盐灶灶丁都说今天不干活了，一个个追着送他，都是因为感谢他呀。

力挫豪强，为父申冤

　　黄锜是黄豹之子，父亲是盐商，在淮扬经营盐业，他也随父亲离开家乡歙县来到淮扬，经常为父亲分担业务。虽然他以做买卖为主，但是只要有一点时间，他都捧着书看，时刻不忘学习。

　　这一天他正在家里看《左传》，突然弟弟来告，说父亲和别人打起来了。

　　父亲尽管经商有成，但还是认为儒业为上，儿子早已投身商界，也让他有时间就看书，更把希望寄托在孙子身上，让黄溙从小业儒，跟随诸位荐绅先生游学。他自己一贯惜老怜贫，怎么会和别人打架呢？

　　黄锜赶过去一看，父亲不在盐铺里。伙计与邻里告诉他，黄掌柜被人告状，已经送到衙门去了。一问原因才知，当地一个豪强买盐拼命压低价格，一再要盐铺让利。黄豹见连本钱都保不住了，又一贯蔑视权贵，坚决不答应。他刚说几句，豪强就指使下人动手打他，黄豹不甘示弱还击，反而被诬告，说他所卖的盐质量不好。

　　黄豹只有两个儿子，黄锜为长子，平日里不苟言笑，修爽凝重，辄通大义，很得祖父黄五云公的赏识，曾夸赞他能光宗耀祖。现在出了这事，为父申冤的担子义不容辞地落到他肩膀上。

　　黄锜立即奔赴院司。豪强在地方上有钱有势，恶人先告状，已经在公堂上歪曲事实了：说家仆去买盐，看见黄豹的盐铺里盐的质量不好，指责了几句，掌柜的就出来打人。

黄豹说，根本不是这回事。是他们主仆两人来买盐，一再要让利，自己不同意，说他们豪门贵府的，吃不起盐就算了，不能如此算计。对方说讥讽了他们，让下人大打出手。

黄锜上前，求见了齐侍御、高司使，把他了解到的事实说了出来："店铺伙计即使是自己人，有帮盐铺的嫌疑，但四周街坊邻里都是见证，他们是明公正道的。"

豪强说自己家大业大，怎么会为几个盐钱计较？

黄锜就反问："你家有钱有势，奴仆无数，买盐的小事，何劳你主人出面？你亲自而为，不是跌了身份吗？由此看来，今日你是存心去盐铺滋事的。"

"我我我……"豪强强词夺理，"家仆说，黄家的盐质量不好，我才

扬州两淮盐运司

去理论的。"

"盐是国家严格管理的物资，有专门的法律，严格控制盐灶统一生产出来，也不是我们黄家自己做的，你凭什么怀疑它的质量？你是怀疑国家标准？还是想诬告我们黄家私自制造假盐？请拿出证据来！"黄锜气劲词温，切中要害。

听他说到这里，豪强头上冒汗了。他哪里知道，黄豹的儿子黄锜知识广博，每逢去盐运司衙办事，同仁都推举他上前应对。答辩起来，有几个人是他的对手？也怪自己恃强凌弱：与家仆外出，路过盐铺，见那里生意不错，知黄家卖盐发了大财，心生妒忌，存心挑衅，没想到黄豹不甘示弱，更没想到他儿子黄锜更是颇有见地，自己怎么下台呢？

盐运司衙的两个官员频频点头，赞扬黄家人说得对，问得好。

黄锜朝上拱手，侃侃而言道："齐侍御、高司使两位大人，今日草民为父申诉，本是小事一桩，更要为民代言：本地秩序井然，百姓安居乐业，就在于官吏廉政、民风淳朴。而今，却发现有人以为自己财大气粗无理取闹，仗势欺人，扰乱了市场秩序，如此下去，民不聊生，请为民生治理……"

两位台司本是正直君子，听了黄锜直陈情由，心想他说得对呀，豪强不过是借题发挥，质疑我们盐的质量，岂不是有损朝廷形象？于是将那豪强绳之以法。黄锜不仅为父申冤成功，而且力挫豪强，从此更是远近闻名。

改造一条河,捐银四千两

明代,祁门阊江水流湍急,舟船容易倾覆。一次,一艘船又翻了,下属来报,时任县令刘哲焦头烂额,一心想治理,可苦于经费无着。

正在这个时候,听到市井传言,说住在画绣坊的徽商汪琼不但特别有钱,而且慷慨大方讲义气,一掷千金也在所不惜。

据说汪琼正德年间去采办货物,乘坐一条船,路过鲁桥的时候,遇到刘七一伙强盗,一下子抢去了他一万多两资金,其中里面还有朋友借助的三千两银子。他两手空空地回到家里,首先为朋友的资金损失感到痛心,但是他已经没有钱了,只好找人借贷。

朋友知道,纷纷上门来慰问他。失去三千两银子的朋友说:"天灾人祸没办法,这怪不得你,你损失更大,算了算了,就当我做生意赔本了。"

汪琼赶紧说:"没有啊!你的银子我没带出去,损失的是我自己的资金。"

朋友不信。汪琼还拿出了当时没有带出去的包袱:"不信你看,银子的包袱还在这里呢。里边都是你的银子。"说着就把自己借贷来的三千两银子还给了朋友。

损失了一万两银子都不在乎,真是财大气粗啊!于是县令请汪琼到衙门里商议,问他是否愿意出一些资金修理河道。

汪琼熟知家乡山水，也知道那里经常发生事故，早就有心治理，苦于无人带头！县令这么一说，他马上应允："造福乡梓，是我应尽的责任，只要县里愿意出面，资金全部由我来出吧！"

"这可需要不少银子啊。"县令有些担忧。

"大概需要多少呢？"

"估计要几千两。"县令说，"县里也出部分吧。"

"河道改造，也不是一天两天的事，我正在做生意，努力赚钱就是了。县里的钱，在百姓急需时，拿出来赈灾吧。"汪琼深思熟虑后回答道，"大人马上筹措计划，小民立即筹措资金，我们一步步开始实施。"

没过几天，汪琼就把第一笔启动资金一千两银子送到衙门里了。

县令大喜，拿到一笔启动资金后，组织人马上计划。水利工程不是小事，改造河道要占老百姓的田，一百多亩田都由汪琼出资金买下来。

祁门县阊江上的仁济桥

然后疏浚河道，伐石为梁，开凿新的航道。从丁家湾向西，再折向南边，逶迤五六里到路公溪，与老河道交汇。从此舟船可以平安通行了，船行此处的，再也不用担惊受怕，也没有在这里翻船的事故发生了。

汪琼仅为这水利建设，前后就花费了四千多两银子。又修祖茔，建宗祠，立家塾，建桥梁，置义田、义塚等，先后为百姓办事几十件，积累的财富几乎都用得差不多了，家境渐渐衰落，后代子孙贫窘，但是乡亲们都感怀他的高义，纷纷资助他们。

客户欠了弟弟钱，自己还一半

歙县的毕汶从小就以孝悌闻名乡里。

幼年时他就懂得丧母之痛。知道母亲生病死了，他跳起来哭，哭得几乎疯了。过年的时候、清明节的时候，他小小年纪也要去给母亲上坟，到了那里，趴在母亲的坟头上无休止地哭，大人拉都拉不开。

不幸的命运又降临到他的身上，弱冠（20岁）之年，又传来父亲客死婺州的消息。他亲自去找，可是没有找到父亲的遗体，毕汶只好扶着空棺材回来，里面只有父亲些微遗物，他哀恸几绝。

父母双亡，几个弟弟都全靠他抚养成才，最小的弟弟也学会了做生意，而且还兼做借贷生意。

一次毕汶出门做生意回来，最小的弟弟一进门就嚎啕大哭："哥哥呀，大事不好了，我的生意砸了啊……"

见小弟弟哭得惊天动地的，毕汶忙问他怎么回事？弟弟说，一个客户借他两百两银子做生意，租船跑运输遇见风浪，船沉了，货物也沉江底了，现在倾家荡产了。

哥哥奇怪："借钱还账，天经地义，他的船沉了，难道就有理由不还你钱了吗？"

"他说他已经没钱了，穷光蛋一个，要钱没有，要命一条。"弟弟无可奈何地说，"他不还我的钱，我的银子不是打水漂了吗？下面的生意可没法做了啊。"

毕汶安慰了弟弟，自己去找那客户想办法。

找到那个贷款的客户，毕汶就问他要弟弟的债务。那个客户说："我做生意全部财产都在那条船上，船沉了，我有什么办法？我还不起债了，你看着办吧！"

毕汶请他坐下，问他是否知道，借债还钱，是天经地义的事情。

放贷人毫不犹豫地说知道。但跟着说："你弟弟给我钱的时候，说是入股的。既然入股，具有风险，做生意谁也不能保证都赚钱，我们合伙做生意，就应该利益共享，风险共担，不能只做牟利的打算，还要做亏本的准备。现在他投入的资金也没了，我投入的也没了，凭什么要我一个人全赔……"

毕汶就说："口说无凭，你写给他可是借贷的条子，并不是入股的合同，作人得讲信用。"

"我不管，"那人板着脸说，"反正我的船沉江了，货物也没有了，钱也打水漂了，什么时候有钱可说不准，十年八年，让他等着吧！"

"你说得不对，你并没有把所有资金砸进去，你还有房产，你还有地产，你还有借出去的资金没有收回来的……"

听毕汶这么一说，那客户急了："可是我没有现金了……"

"没有先借用其他抵押也可以，"毕汶打断对方的话，接着说，"但一定要还债。我也知道，你损失够大的，事到如此，我与你共同赔偿吧。"

客户开始没听明白，毕汶又不是我哥，干嘛要为我赔偿？体会一下"共同赔偿"的意思，方才明白过来："你的意思，我只需要赔偿一半？为什么啊？"

毕汶点头："对，小弟已经没钱了，他的生意没办法做下去，你也没办法全部赔偿,所以我替你赔一半,算是我倾囊相助的。"

"那还有一百两呢?"

"那是你对我弟弟的赔偿。时间要快,不能让他没有资金周转。"
毕汶斩钉截铁地说。

客户暗自高兴,自己只需要赔上一半,怎么有这样好的哥哥呢?
马上答应。族人知道了,都夸这个哥哥解囊相助的大度。

徽商故里

告诫儿子当好官

明代万历年间,歙县江珍科举中试了。喜报传来,全家兴奋不已。族人都说值得大大庆贺一番,但是父亲江才闭门谢客。他说:"没什么值得庆贺的,我们江家祖上积德,江珍这小子走运,书读到现在,也该有所作为了。"

果然没多久,江珍被委以江西瑞州府高安县知县,喜气洋洋去就职。上任途中,特地回歙县老家拜见父母。父亲江才把高兴暗藏在心底,反而要儿子听他的训导。

江西高安县良溪里遗址

先是问儿子对高安县了解多少?儿子说已经做了一番调查,知道些情况。

父亲点头说:"那就好!据我所知,高安县虽然是财赋之区,但是有很多贫瘠的地方,你到那里当地方官,不能只图虚名,也不能只按照上司的旨意办事。"

儿子连连点头，但对后面一句不理解，心想，您也没当过官，不听上司的听谁的？于是仰头问道："父亲，您说应该怎样办事？"

父亲像是看出他的心思，说："为父尽管不熟悉官场，但是希望你勤勉办事，廉政为民，办事情要冷静，对百姓要宽抚，这就是我对你的勉励。"

儿子明白了，父亲是要我有民本思想啊。上任之初，就受到父亲的耳提面命，果然在任上谨小慎微，办事公道，三年以后就得到了晋升。本来要进京述职，听说父亲生病了，便推迟几天进京，赶回家中探望父亲。

父亲躺在床上，看到儿子突然回来，惊讶至极："儿啊，你怎么回家了？莫非被罢官了？"

儿子连忙否认，说没有的事。

"不是罢官，你突然回乡里来干嘛？"

儿子见父亲误解了，连忙解释："我这不是听说父亲生病，特意赶回来看望您老人家的吗？我不但没有被降职，还因勤于政务，治绩突出，又自负节义，反而晋升了，这正要进京述职呢！"

儿子孝顺，又有作为，父亲躺在床上心里乐开了花。但是表面上却无形于色，挣扎着坐起，反而严肃地说："当父母的望子成龙，虽然无时无刻不想念儿子，却更希望你做个好官，不仅光宗耀祖，更要为国家为百姓多办事。你以为你来看我，我就高兴了吗？非也，你如果奋发有为了，父亲更高兴啊。"

儿子赶紧扶着父亲睡下，说只是思念父亲，担心父亲身体，让父亲不要怪罪他。

父亲依然不高兴，说："公事为重，家事为轻，我不要紧的。你已经是朝廷命官，不要学那些小儿女情态，留念家庭父母，你赶快去上任吧！"

本来想在家多伺候父亲几日的，被父亲这么催促，只在家里停留了很短的时间，很快就离开家乡，赶赴京城，被授予礼部主客司主事，主管国家典章制度、祭祀、学校、科举和接待四方宾客等事务。

没有辜负父亲的教诲，江珍有几分得意，写信向父亲报喜。

派人送信到家中，又带来了父亲的信件，里面没有一句赞扬他表彰他的话，依然是严词告诫，父亲的温情都变成了森然法度之语。

江珍拿着书信，连连感叹：父亲虽然文化不高，但是天性高明，有见识，有气度，对儿子要求这么严格，这才是一个伟大的父亲啊！

歙县古码头

胆大包天,要改盐法

盐课就是盐税,是中国历代王朝财政收入的重要来源,历朝历代都规定了严格的禁止私盐的法令,以确保国家盐税的征收。

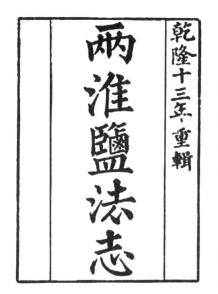

英宗年间的行引法,有许多不公平之处。盐商把粮食运到边关,换得了盐引,就等于有了售盐许可证,但还要到稍远的地方去等待盐场的盐出来,拿到了盐才能到指定的范围内去卖,不用说当中许多风险,还需要经过很长的时间。

江浙一带是盐商们聚集的地方,最近几天,听说盐务官员要派人来考察,盐商们都推举程正奎作为他们的代表。

史载,程正奎,字时耀,歙县临河人,生于明成化年间。他从小勤奋读书,学业有成,家里本来让他去走科举道路的,然而正当准备应考的时候,父亲病倒了,为了挽救日趋没落的家庭,身为长子必须挑起家庭重担。

程正奎辗转到江浙一带经营盐业。读过书的人到底不一样，很快掌握了商贾之道，又能很好把握义利之间的关系，根据盐法的规定灵活经营，几年后就成为江浙一带的大商人。这样既有清醒的头脑，又能言善辩，充分掌握法律的人，自然成了盐商的代表人物。

见到盐务官吏们，程正奎不卑不亢，有问有答，说起来头头是道，官员们对他都很欣赏，故作姿态地问盐商们有什么要求？他马上拿出自己的呈词，向盐务司上书请求变革盐课征收之法。

官吏们都大吃一惊："原来你是有备而来的呀！但是，你要求修改盐法，这可是国家的法律，岂是随便能够更改的？"

盐运使当即板着脸说："大胆程正奎！你知道盐业法规是谁制定的吗？这是明太祖规定的。盐法运行至今已有几十年时间了，谁胆敢提出变更？"

程正奎毫无惧色地回答："大人，太祖高皇帝制定的盐法至今有多

明代盐场

少年呢？您也说了，起码有几十甚至上百年了。时间的推移，让历史已经翻过一页又一页。当年的盐业已经发生了变化，盐法当然也不能完全符合今天的实际情况了。既然不符合，那么就需要改革，只有改革，才能保证如今盐业发展啊。"

官兵们窃窃私语，认为他说得有几分道理，盐运使因此问他："你具体说一说，到底有哪些地方需要改革？"

程正奎说："按照以前的盐法规定，各个地方生产盐的盐场需要按登记注册的盐商分派盐斤，再根据生产盐的多少增减盐课。但是，盐业生产也免不了天灾人祸。天气不适宜，盐的收入减少，一旦盐户逃亡，额课更会大减。如何避免盐户逃亡使国家失去纳税的名额，同时又能让盐户通融获取盈利呢？只有改革，才能让盐法所起的积极作用继续保持下去，否则法规就会因为陈旧而变成陋规，就会阻碍正常的生产发展。"

一个官员问他："你的改革具体内容是什么？"

"法乃经营之利器，非割喉之刀。诸位大人都是主持国家发展大计的，这正是你们要慎重考虑的事啊。"程正奎说，"小民们在一起议论，根据在实际运作中提出了一些切实可行的办法，都在小人的上疏里面，我们变更盐法的建议，既有利于国家也有利于盐户，希望能够采纳。"

此人不凡，说起来头头是道，有礼有节，主张改革旧的法律条款，以适应新的情况，难能可贵呀！官员们虽然是执行政策的人，但不了解经商的细节，不可能单独进行工作，必须吸收有经验的商人一起来做。

盐务司官员们都认为他博学多才，既懂得盐业，通晓盐法，也能代表盐户心声。

再一调查，发现程正奎严格遵守盐法的规定，合法经营，不钻空子，不偷税漏税，便申报录用他为盐务司顾问。

皇帝下诏同意了，程正奎就由一个盐户成了盐官，上任之后，管理盐业的官员也向他咨询盐策，他则条陈利害，侃侃而谈。不仅经办了两浙盐务政事，而且提出对盐课盐务的一系列改革主张。官员听从他的建议，下达了管理办法。有的条款，还刻上石碑，屹立在钱塘江畔的盐官镇。

京杭运河上的船队

为家仆打官司

程正奎的官不大，只是一个小小的盐务司顾问，但是名声很大，不畏权势，在遵纪守法的同时也主持正义。

有一家仆，跟随他很多年了，平素忠心耿耿，可是近些天来总是郁郁寡欢，满腹心事。程正奎问他有什么困难？家仆说，他儿子摊上大麻烦了，得罪了汪容和的儿子。

那汪荣和是何许人？曾是朝廷权贵啊！即使归乡之后，依然威风凛凛。他的小儿子在郡县城中建造天官府，要强拆周围的住户。

偏巧，程正奎家仆的儿子仪宾住房就在天官府边上。汪荣和的儿子就要仪宾搬迁。家仆的儿子也很有骨气，不因出身低微而屈从，坚决不答应。汪家父子一起上阵，用尽手段强逼他们搬家。

听家仆这么一说，程正奎十分生气，召集同宗人商量说："这些豪强太不讲理了，总是欺负老实人，我要为家仆主持正义！"

族人都觉得他说得有道理，但也担心，说汪荣和当初位高权重，虽然现在已经罢官回乡，但朝廷中依然还有不少亲信。瘦死的骆驼比马大，我们惹不起还躲不起吗？何必为了一个家仆得罪他呢！

程正奎不信邪，因生长于封建礼法十分浓厚的山区，从小就受到宗族有关"安分守法"的训诲，法律意识比较强。他说："法律不是为哪一个人制定的,天子犯法与庶民同罪,更何况一个官吏,他们应该更懂得法律,更应该遵守法律。"

于是,他领着族人一起到汪荣和的府上去了。汪荣和还以为这些人来看望他,谁知道是来告他儿子状的。干脆推诿反驳,开始说这事跟他无关,后来说儿子要建天官府是正当行为,天官府建成,是城中一道风景,城区房屋应该整洁,他儿子没什么错,为拆迁采取一些措施也是正当的。

汪荣和明地里袒护儿子,暗地里让儿子和他们对着干,怂恿儿子写封状纸状告程正奎,南京法司受理了这桩讼事。

传票一到,人人都替程正奎担心,他却不怕,义正词严地说:"天子与百姓都应共同遵守法律。即使汪家还在受宠幸,他也不能把法律当儿戏,如果违反天子制定的法律,就应该受到法律的制裁。"

程正奎一贯从事合法经营,没人能找到岔子,仆人家的利益遭受损害,他不过是见义勇为,但也不畏权势,凭着一身正气,依据法律维护了仆人家的合法权益。

马僮就是藏金人

　　湖州北门外有一个饭店,饭店规模不小,不仅卖饭菜,而且有住宿的客房,还有骡马牲口棚,又处于交通要道,来往客人很多。

　　开此店的老板姓程名琼,是徽州休宁人,为人厚道,招待客人热情大方,加之诚信守业,生意更兴隆。

　　一天来了个客人,名叫宗定,是从归安来湖州买丝的,住了一晚上,带着他的银子出门了。但到卖丝的地方,没有丝了。别人告诉他,梅西有丝,但是比较远,需要骑马去。

　　宗定赶回来,在程家饭店里面吃了中饭,说下午去梅西,想在他家雇一匹马。程老板说:"没问题,我让马僮跟你一道去,如果那边有车船,你从那边走了的话,马僮自己把马骑回来就行了。"

　　这真是太方便客人了。宗定付了饭钱与租马的钱,带着一百多两银子,用包袱捆好,拴在马鞍边上后便赶马上路,马僮跟着他的后面跑。马跑得很快,一路颠簸,拴在马鞍边装银子的包裹掉到地上了,他也没发现,依然赶马往前奔。

　　跟在后面的马僮听到响动,见马上掉下来个包裹,连忙跑过去捡起来,沉甸甸的,里面全是银子,大喜过望。心想有这么些银子,以后再也不用给人家牵马坠镫了。看看周围没人,旁边有一片竹林,他钻进竹园里,刨了一个坑,把银子埋起来,然后装作没事的样子再往前跑。

宗定见马僮没跟上来,还等了一会儿,问他怎么回事? 马僮说马有四条腿,人只有两条腿,谁叫你跑那么快?

宗僮只好慢走,一起到了梅西,买丝时他要付钱了,在马鞍边找装银子的背囊,空荡荡的什么也没有。 丢在哪里了? 他急出一身冷汗,又骑马赶回程家旅店,问老板看见他的银子没有?

程掌柜说:"客官,我看见你栓马鞍上的,在哪里跑掉了吧?"

宗定借过笔墨来,就在一边儿写了许多条子要去张贴,上面写道:"本人去梅西路上掉了一百两银子,谁如果捡到,我愿意与他平分。"

这边程掌柜想想不对劲,询问他的马僮,说:"小子,你在他后面跟着,难道没看见包袱掉下来吗?"

马僮连连摇头:"没有没有,我跑得累死了,哪里看得到什么包袱啊?"

他这边说着,又斜着眼睛偷偷看客官写字,偷偷撇嘴笑了一下,被程琼看在眼里,把他拉到一边儿,严厉地对他说:"小家伙,你把银子拿出来吧! 我给钱给你。"

马僮的头摇得跟拨浪鼓似的,心想:你还能给我一百两银子吗? 再三不承认。

程琼生气了,对他说:"你这小子有过不诚实的记录,你以为我不知道是不是? 过路人看见你钻进了林子里,你就是进去埋藏银子的! 老老实实跟我交代,如果不说,我把你送到官府,三十大板一打,你的屁股开了花,关在监狱里,还没人给你送饭,饿死你个小东西!"

他这么一诈,马僮吓坏了,哭着说:"老板,别把我送官府啊! 银子不是我偷的,是我捡的,我把它藏在竹林里了,想等没人的时候再取出来用……"

他总算说实话了。程琼大喜，告诉宗定银子有下落了。两人带着马僮一起到了竹园，按照马僮的指点，果然挖出了银子，分文不少。

宗定捧着银子，感激不尽，说："我已经贴出了告示，找到银子的人分给他一半，现在我应该给你五十两。"

程掌柜坚决不收："这是我没有管理好下人，别人拾金不昧，他却拾金藏匿，我有责任，怎么能要你的银子？"

"不管怎么样，帮我把银子找回来了，我都要答谢您的。一半不要，三十两你无论如何要收下吧。"

程琼还是不要，最后降至二十两，程琼也不要，把银子放进对方包袱里，再把包袱拴在他身上，拍拍对方，坚定地说："我是一两银子也不会要你的，忙你的去吧！"

浙江湖州古建筑——明清时期有大批徽商在此经营

因为还巨金，名字被供奉

江西宜黄县令名叫方铉，是歙县岩镇人。其父方三应是个商人，长年在外奔波，靠着勤劳智慧，家庭也算是小康。所以方铉从小得以读书，长大了参加科举，竟中试入仕，做了县官。这一天，他出外视察民情，突然遇到大雨，随从看见一栋高门大屋、整齐俨然，敲开门，要求避雨。

县官名声不错，房主更加客气，邀请他们一行人进屋。进入客厅，宽大敞亮，正面一张长长的供桌，一个牌位屹立中间，前面的香炉还插着三炷香，青烟缭绕，散发出氤氲香气。

如此虔诚，供奉的谁呀？方铉随意一看，牌子上居然写着"方三应"三个字，让他大吃一惊，这不是父亲的名字吗？莫非他的先祖与此同名同姓？连忙问："牌位上的人是你的什么人呢？"

主人捧上茶来，笑嘻嘻地说："大人，这是我的恩人。"

"他是哪里人？"县令再问。

"嘿嘿，说来话长。"房主兴致勃勃地说，"这人吗？我可是在抚州的船上遇到的，就是他改变了我的命运，却怎么也不告诉我他的名字，还是通过别人打听到他的名字，更不告诉我他是哪方人士了。"

于是，那人说了一个故事，是他几百两银子失而复得的故事，与方

铉以前听到父亲讲的故事一样。

父亲叫方三应,曾经在建昌(今属九江)经商。一天住进一家旅店,进了客房,正要休息,发现被褥底下硬邦邦的,掀起来一看,下面居然有几百两银子。去问旅店的老板,有没有人丢东西在客房里? 老板说不知道,但头一天有人住店,凌晨已经走了。

方三应想,一定是前面走的那个客官丢下来的,于是在店里面多住了几天。可是左等右等都没人找来,不能老耽误在这里呀。只好把这些银子背在身上,走到哪里背到哪里,到处打听有没有人丢失。几年过去了,却始终没有找到失主。

一天到了抚州,要乘船渡江,船舱里已经有人,是个鸡贩子,挑两笼鸡,鸡屎透过鸡笼洞眼遗落在船舱里。天气又热,上船的人多了,臭烘烘的,实在难闻。乘客们纷纷指责这个鸡贩子:"你怎么挑这么多鸡上船来? 臭死人了。"

那人说:"我是个卖鸡的,你们要赶路我也要赶路,我总不能带着鸡飞到对岸吧!"

众人笑道:"做什么生意不好? 非要当个鸡贩子,这能挣多少钱?"

蓬头垢面的鸡贩子嘻嘻一笑:"呵呵! 当年我也是个有钱人,资金不比你们少,如果没掉钱的话,也当老板了,谁还来做这个买卖?"

"大概吃喝嫖赌败光了吧?"大家笑得更起劲了。

鸡贩子笑不出来了,望着河水怔怔地说:"都怪自己不小心! 几年前在建昌住店，把几百两银子放在被褥底下，第二天忙着赶船就匆匆走了。"

听到这里，方三应走到他跟前搭话："客官，你怎么没赶回去找银子呢？"

"下水船，走得快，等我想起了银子的时候，船已经走了一天，再赶回去没有三五天不行，而且连回去的路费也没有……你想，这么多天，银子还不早就被人拿跑了吗？我还能找得到吗？干脆狠狠心不找了。以后，就沦落到现在这个地步了……"

见他的眼睛蒙上了水雾。方三应心里一动，进一步俯身问他，当时住的什么客栈？在哪一条街上？哪一个房间？一共多少银子？包银子的包袱皮什么样子？

卖鸡的人开始有些莫名其妙，心想这客官难道想当狄仁杰破案吗？但见对方十分儒雅斯文，态度又那么诚恳，既然同情我，就对他说老实话吧！

于是一五一十地回答了他的问题，刚刚说完，他的手被这个问他的客官拉住："我总算把你找到了，你的银子在我这里。"

就是天上掉馅饼也没有这么好的事儿吧！鸡贩子一点不相信，以为他安慰自己的。但跟着方三应打开自己的包裹，里面又有一个包裹，毫不犹豫地递给他："你看，这是不是你的？你走的第二天我就住进店里，就在被褥下发现了这包银子，等了几天等不到失主，我只好背着走了。走到哪里都带着它，今天我们有缘见面了，你清点一下，是否对数？现在应该物归原主了。"

鸡贩子接过他熟悉的包裹，打开一看，银子不少半文，眼泪就像决堤一样，哗哗地往下流，当即跪下磕头："恩人哪，请告诉我您的姓名，小人如何报答才好啊！"

方三应摇摇头，说："这银子本来就是你的，这是你应该得的，别问姓名了！我也是商人，我们都是同舟共济的人。"说完又挤回到自己原来坐的地方，随便那个鸡贩子怎么问他，他都不说话了。

满船人惊讶万分，向方三应投去赞许的目光，一起为他喝彩。

船到岸边了，船上人纷纷下去，卖鸡人追着方三应要姓名，他却像没听见似的，还是跟随他一起的人悄悄告诉鸡贩子方三应的名字。

房主说到这里，眼睛里又涌出了泪花，说："正是因为方三应还了银子，我才能够成家立业，买下了这房子，所以我就把他的名字放在我的供桌上，朝朝暮暮上香供奉。"

"很少有人给活人立牌位的呀。"方铉有几分不高兴。

"大人，我这叫长生牌，你没看见是红色底子的吗？这是给活人用的，我是祝愿他添福增寿啊。"

方铉知他一片忠心，想父亲都不告诉他姓名，自己何必说是牌位上人的儿子呢？也不说破，只是笑笑，看大雨初歇，告辞走了。

歙县渔梁坝

妻儿相见，却不相识

歙县的刘陈氏在客厅带孙子玩耍，孩子摔倒了，哇哇大哭。老人指着堂上的画像说："乖乖别哭，你爷爷回来给你买糖吃。"

儿子刘生这时候正好走进来，对母亲说："母亲，别说这些了，您说了一万次了，父亲离家三十多年，音信全无，说不定早就不在人世，他哪里能回来？别拿这哄娃娃吧。"

母亲骂儿子不孝顺，怎么能说父亲不在世上了呢？说不定他哪天会回来的。这样的争论有过几次，儿子也就不再多说话，只是准备本钱，说要出远门，一边去找父亲，一边做生意，母亲只是不舍，也就耽误下来。

突然一天，大门外进来一个老头，从腮边到下巴全都是胡须，又黑又瘦，风尘仆仆地背着一个包裹，进门就往桌上一放，走到供桌边在太师椅上坐下，喟然长叹："啊，总算回家了。"

儿子听到动静，从侧厢房出来，见一个老头子莫名其妙跑到自家堂上坐着，上前问道："请问老人家，您是何人？来找何人？有何贵干？"

老人上下打量了一下他，叫出了他的小名儿，欣喜地说："你是我的儿子吧？"

刘生大惊,说:"这位老人家,您要吃饭,我们可以留餐,您要是渴了,我给您倒茶,不能跑到我家来冒充我父亲吧。"

"临走前,我不还请人画像挂在这大堂之上吗? 至今还在啊。"老人抬头望着墙壁,有几分怅然。

刘生笑了:"您不说我还不比较。您看,我父亲体态丰腴,面孔白皙,只有少许胡子;而您呢? 枯瘦如柴,面目黧黑,胡须像乱草一般,更不用说冠裳履綦,哪里有一点相似的地方呢?"

老人回过头来笑了:"你这个娃娃呀,当初我走的时候,你只有三岁,现在你应该有三十四岁了,哪里还能找得到你小时候的影子? 不是在我自己的家里,在外面,我们两个鼻子碰肿了,我也绝不会把你当成自己儿子的,你当然也认不出我啊。"

说完就要往后面走,刘生把他拦住了,问他干什么? 他说:"叫你母亲来,她还好吗?"

母亲抱着孙子从外面进来了,看见堂上坐着一个人,对儿子说:"有客人来了也不给别人倒茶,还要我动手吗?"

老人站起来了走过去:"贤妻啊! 你也不认识我了吗?"

刘陈氏吓得倒退了两步:"你是何人? 竟然冒充我的丈夫?"

刘生笑了:"你看,我妈都不认识你,你何苦还在这里找没趣? 请回吧,哪里来的你到哪里去。"

老人的眼睛蒙上泪水,摇摇头:"你们都不认得我了? 可是我天天想着你们,三十一年了,做梦都想回家,想不到,现在孙子都这么大了。

落魄的徽商终于回家了

当初我走的时候，儿子只有现在孙子大，孙子长得和儿子小时候一样啊！"说着伸手过去要抱孩子，孩子吓得往祖母怀里钻。

刘陈氏有点相信了，问老者："你说这堂上的画像是你吗？"

老人退回到座椅上说："那是夏天端午过后，村里来了个画师，说可以给人画像。我那时候正要出远门去做生意，就请他来画一张，给你们做个纪念。画好了以后，还是我拿到歙县街上去找缘缘堂人裱起来挂墙上的，画像的后面，有缘缘堂的印记，也写着画家的名字，如不信，你们拿纸来，我写给你们看。"

刘生连忙拿来纸笔，老人把画像师、裱画师的名字一起写出来，而且还写出了儿子的名字，妻子的名字，自己父亲母亲的名字，岳父岳母的名字。

刘陈氏越听越像真的，不再避讳，坐到方桌的另一端，仔细地打量着男人，想找出原来面目的留痕。老人也注视着她，喋喋不休，回忆起往事，说他当初怎样迎娶陈家的小姐，两人怎样拜堂成亲，怎样生了儿子，为何又要出去……大事小事都说了一遍。

终于，他说出了只有两人才知道的细节，还有那偶尔流露出的已经远逝的神情和乡音，她嚎啕大哭："你，你果然是我的丈夫啊！你怎么现在变成这个样子了？"

老人这才说："三十多年来，我一路北上，沿途做生意，指望发达之后衣锦还乡。谁知道旅途困顿，生意难做，兵荒马乱，越走越远。一直到了秦岭、陇山。那里山高路远，既无路费回来，也没人捎信回家。开始生存都困难，后来慢慢好点，一直到今年，积攒了一些银两，有了路费，这才千里迢迢赶回来。想不到，不仅儿子孙子不认识我，连妻子也不认识我了……"

说着说着，泪水潮湿了双眼，泪珠顺着腮边流淌。刘生这才确认这是自己的父亲，赶紧拉着儿子跪下，连连磕头，说："儿子不孝，见了父亲的面认不出来，居然还要往外赶，还请父亲原谅啊……"

跟着，刘陈氏让媳妇儿出来拜见公公，叫孙子喊爷爷。

一家人团聚之后，儿子就说要上路去做买卖了。父亲竭力阻拦："说去不得去不得，去了以后，回家来你的妻子儿子都认不得你了。我带回来一些钱财，可以买些田地，不求大富大贵，只求全家团聚吧。"

儿子也没坚持出门了，从此一家人共享天伦之乐。

歙县

孝心感动大老虎

汪存一醒来,已经听不到船桨击水的声音,却隐约传来了说话的声音,见自己依然睡在船舱里,父亲却不在身边了。

船家见他起来了,就说:"少爷,饭已经烧好了,您出来吃饭吧!"

汪存问:"父亲到哪去了?"船家说:"你父亲让我们在这等他,他要回家去一趟。"

汪存走出船舱,看见船停在一个城边的码头上。岸边不仅有停船靠岸的,还有城里出来洗衣的、淘米的、洗菜的、挑水的人。

他走到船头,蹲下在河里搓洗面巾洗脸,就听码头上的人议论纷纷:说城外的山上来了老虎,日前有人到东关去,在山上被老虎咬吃了,只留下半边脑袋,十分凄惨……

他听了心中一寒,连忙站起来问谈论的人:"大爷大妈们,你们刚才说山上有老虎,是什么时候的事?那山有多远?"

他们说就是前天,那座山离城外有四十里路,这两天都没人敢过那座山,尤其是上午更危险。

汪存暗叫不好,父亲走得早,根本不知道这情况,要赶到山上,正好半上午的时候,万一遇见老虎怎么办?

他正在发愣,天下起雨来,码头边的人都收拾自己的东西走了,船家在船舱里已经摆好饭菜，让他进舱吃饭。

"不行，山上有老虎，父亲要过一座山，我得赶紧追他去。"汪存扭头对船家说着就跳上岸。

船家吹喝着："你父亲已经走了大半个时辰了，你怎么追得上？如果真有老虎，你去了不是更危险吗？天又下雨了先吃了饭再说吧！"

"不不，我得赶快去追父亲。"汪存一边说一边就跑开了。雨越下越大，路越来越难走，使得他眼睛都看不见路，好在上山的路只有一条。他终于追上父亲了，父亲正在一个石岩凹处避雨，见儿子冒雨赶来，全身湿透，问他为了何事？

他说："听城边码头上的人说，山上有老虎，您一个人走危险，我陪您走吧！"

父亲拉他到巨石下避雨说："傻孩子，你居然追我几十里路了，不用说没有老虎，就是有老虎，因为多你一个孩子就不吃人了吗？"

"要不，我们就不回家，还是退回船上去吧。"儿子劝告父亲。

父亲说："翻过这座山就到家，雨已经小一些了，我们走吧。"

两人走出来，正要下山，突然一声虎啸惊天动地，树林中蹿出了一只大老虎，父亲一把将儿子拉倒身后："赶快跑，伤我不要紧——"

"儿子不能丢下父亲不管。"汪存说着窜到父亲前面跪下来，朝着大老虎连连磕头，"老虎啊！我们都是善良的生意人，从来没干过什么坏事，你千万不要吃我们好吗？"

父亲见他傻得要和老虎对话，就过来拉他。老虎又吼一声，一步步走来，似乎有点儿疑惑地望着他们。

"老虎啊，你不要吃父亲，要吃你就吃我吧！"汪存看见老虎的血盆大口，浑身已经软了，依然一边哭一边哆哆嗦嗦地喊，"老虎，你可怜可怜我父亲吧！要吃就吃我，不要吃我父亲，我就这一个父亲，母亲还靠他照顾，你成全我的孝心好吗……"

父亲被儿子打动，也驻足对老虎说话了："不，饿了你就吃我，儿子还年幼，却是个孝子。他母亲生病的时候，他把大腿上的肉割下来给他母亲煮汤喝，我妻子就是喝了这汤病才痊愈的，这样的孝子你忍心吃吗？要吃就吃我吧！将来他会照顾好他母亲的……"

汪存哭得越发厉害了，大喊大叫让老虎吃自己，不要伤害他的父亲，一边说一边磕头。可是，等半天没有响动，难道父亲被老虎吃了吗？等他抬起头来，父亲呆呆地站在一边，轻轻地说："你的孝心感动了老虎，老虎已经走了。"

歙县古道

卖房子做本钱

　　婺源李魁家里实在太穷了,他与祖母相依为命,家徒四壁,几块山地,打下的粮食不够两人吃三个月的,只有靠帮工过日子,但仍是难以为继,祖母不得已帮人做针线活,眼睛都快熬瞎了。

　　他看了不忍心,把祖母的针线活拿开,说:"您老人家不要再操劳了,做孙子的不能养活您,实在羞愧呀!"

　　祖母说:"不做怎么办呢? 换点钱买米吃,也能度两个月的饥荒啊。"

　　李魁这才说出他的打算。他说老人家年纪一天比一天大,孙子不能眼睁睁地看着奶奶双目失明,想跟其他人一起出去经商。

　　祖母不让他去,说自古以来,做买卖就是下等人,会被人看不起的。

　　李魁劝说道:"人是为自己活着,要活得体面,首先要吃饱穿暖。如果我有上千两银子,让您老人家吃得香穿得光,不用操劳,那才是孙子最大的荣光哩。"

　　他天天劝说,祖母终于被他说动,答应他出门做生意。说趁她眼睛还看得见,帮人做点针线活,能让自己有口饭吃。但是出门做生意要本钱,家里穷得叮当响,拿不出一点钱啊。

李魁早已打算好了,顿时往地下一跪:"祖母大人,孙子不孝,要让您老人家没有地方住了。"

老人骇然:"什么?你要打这房子的主意?"

李魁说,再别无办法了,只有这一间房子,也就卧室稍微好一点,把它卖出去,说不定能有几两银子,节省些带出去,能够做点小本生意。

"你把房子卖了,我住哪儿呢?"

"我把这房子的偏厦收拾出来,您老人家委屈几年,等我赚钱回来,一定给您造一所大宅子,四水归堂,两进两出,让您老人家安度晚年。"李魁说得信誓旦旦。

祖母掉下了眼泪:"这房子是你爷爷的父亲修建的,抵挡了百年风雨啊,我与你爷爷在卧室里成亲,生下了你父亲;你父亲与你母亲在这屋里生下了你。只可惜他们生病走得早,祖母无能,还说攒点钱与你说下一房孙媳妇,把这房子收拾一下给你做新房,你却要把它卖掉,等你将来回来的时候,落脚地都没有了啊……"

知道祖母对这老屋子有太多的感情,可是不破釜沉舟,就再也没有翻身的机会了。李魁再三安慰祖母,说这次出去一定省吃俭用,克勤克俭,勤奋经商,不赚钱绝不回来。

祖母知道孙

明仇英《清明上河图》局部—酒馆、骑骡出行

子是九头牛也拉不回来的了，只得让出了卧室，搬到屋子后面的偏厦去住。最后房子卖了十两银子，孙子想给祖母留下三两度日，祖母说穷家富路，本钱越多越好，给他做了几个梅干菜烧饼，带一包盐豆子，就是他一路上的干粮，再送孙子到村口。

眼睁睁看着他背着包袱踏上经商之路，眼巴巴盼望着他回来。一年又一年，三年过去了。老人靠着做针线维持自己的基本生活，渐渐老眼昏花，针线活也做不了，靠族人帮助，每天吃两餐稀饭度日。

正愁孙子即使能回家的那天，自己是否还看得见他了？一天从前门传来了喊奶奶的声音，她摸索着走过去，以为是同族的孙子辈叫。直到那个又高又壮实的青年人站到她跟前，才看清这就是自己的孙子回来了，顿时眼泪模糊了双眼。

问他怎么这么久音讯全无，李魁说他一口气跑到南京。四处一打听，如果学徒的话，必须要三年后才能回家，而且没有分文工钱。他摒弃了这条路，靠着挑担子贩运小菜、干果、菜油等，不辞辛苦，积少成多，一年后将本钱翻番，租赁了店铺，做了两年生意，现在有了积蓄，终于能够回家乡买房子了。担心祖母年迈失明，赶紧回来，要造一所大宅子，给祖母安度晚年。

"总算看见你了，总算看见我的孙子了——"老人激动得不知所措。但清醒过来，就说自己将就住那小房间可以了，只要造间房屋孙子自己住，还要省点钱娶媳妇的。

孙子说："奶奶，我答应给您造比原来更大的房子，就一定要办到。等您安顿好了，在新房子里等着，明年我给您带个重孙子回来好不好？"

祖孙两人笑得眼泪都出来了。

年迈还要去远行

弘治嘉靖时期,许秩做生意回到歙县来了,轻车宝马,衣锦还乡,成了当地最有钱的人,轰动了整个县城。

到家之后,他第一件事就是为曾祖父上香。跪倒在灵堂前,他点了三炷香,默默祷告:"曾祖父啊!当年是您鼓励我走出山乡到河北经商的。刚刚有了盈余,就碰上河北饥荒,您捎信让我带着积蓄回来,本想在家侍候您老人家,让您享受天伦之乐,可是您又勉励我,说好男儿志在四方,让我继续闯荡。于是,您又送我走出山乡,南到福建、广东,北到兖州、冀州一带。十来年后我回家来,已经很富有了。您老人家那时已经垂垂老矣,可是不让我在您面前尽孝,还让我出去发展。我这才到了山东、湖南、湖北,生意做了半个华夏,钱赚得够多的了,现在我回来,应该好好孝敬您老人家的,可是您已经到另一个世界去了。我向家人报喜,家人向我报忧,您让我回来侍候谁呀?"

见他哭倒在地,家人们把他扶起,说他曾祖父临终的时候还在念叨着他,就是希望他有出息,现在得知他成了全乡首富,在九泉之下也会欣慰的。

亲友们都说,许秩现在回来不会再走了吧。已经离家二十年了,而今年过半百，赚的钱不仅他一辈子花不完，子孙后代也够用几代人的。

可是，在家里只呆了两个月，他就呆不住了，天天登上山头眺望远方，说还是要出去，家里人都竭力阻拦，说他年纪大了，应当每天含饴弄孙、享受田园生活，颐养天年，叶落归根，这才是幸福的晚年。

他却回答说："我应该遵从我曾祖父的教诲，好男儿志在四方。虽然出生在山林田野，但应有远大的理想，即使当一个做生意的人，也未必不能有国君那样宏伟的志向，怎能只效仿那些农夫，每天守着自己的农舍，下田去伺候那些庄稼粮食什么的，那可不是我的追求。"

有人不忿地说："不就是出去做买卖么？怎么能与国君相提并论？"

他拿出《史记》说："不要轻视生意人，你们看，太史公也专门写了《货殖列传》，可见对这买进卖出的一行是充分肯定的。中国人历来安贫乐道，我可不愿接受这样的命运。"

家人们劝告他："年轻的时候您可以浪迹天涯，但您现在一天比一天年纪大了，旅途艰难，生活艰苦，哪有在家里舒服自在呢？"

"呵呵，外面虽然艰苦，但能见多识广，阅人无数，饱览天下风光。"许秩的眼睛因为向往远方而熠熠生辉，"你们不必阻拦我，燕雀安知鸿鹄之志哉？"

谁也劝不住他,他踏上了去湖南的道路。翌年又从湖南北上,来来往往的贩运,让他赚了一大笔钱。到了汉阳,江边遇见了一帮四川人,他们说从三峡来的,沿途的风光无比壮美,天府之国物产丰富,许多是外地稀少的。

他又动了心思,问了一下,那些船从四川来,必定要回去,能坐船走一趟,哪怕赚不到钱,观赏了风景,也享受了人生的乐趣。于是买船溯流而上,果然惊险绮丽。天府之国的丝绸漂亮极了,正是山东缺少的,他来回两趟,赚了个盆溢钵满。

经商除了获取资财外,许秩更实现了自己远大志向,年迈之时,依然奋斗了一番。在他实在行动不便的时候才回到山乡,外面瑰丽的生活成了他宝贵的财富,对晚辈说起来,无不令人击节赞赏。

驴是谁送的

金坤是个徽商,年年要出门四处做买卖。

过年后又要出远门了,临走的头一天,到岳父家去辞行。回来以后,院子里栓了一头驴,毛驴身上鞍缰配饰齐全,难道有客人来了吗?他正在询问,院角一个人走过来,递上一封书信,说这头驴就是写信的这个人送的,看后自然明白了。

那人说完告辞之后就走了,金坤打开信来,才知道是陈大行送的。这人是个牛贩子,因为被人诬告,以至于要被杀头了,是金坤尽力为他辩白,把他从监狱中救出来又不接受他的感谢。想他出门远行,需要脚力,这才买头毛驴送给他的。

事情发生在年前,金坤回到乡里,就到市场上看看家乡商品的行情。正溜达着,突然听见前面有嘈杂声。走去一看,是两个人打架,一个牛贩子,一个卖草人。

卖牛的是他的老乡,一上午都没有卖掉牛,担心牛饿了,打算买一捆草给牛吃。看见远处有人挑着草,就让那人过来。近前一看,他担子里面的草又是泥巴又是水的,突然不想买了,手一挥,就让他挑回去。

卖草的不干了:"我远远地挑过来,你又不买,害我白跑一趟啊?"

卖牛的说:"你的草不好,还非得要我买你的呀?"

"我看看,你的牛是不是太上老君的青牛？还得吃什么金稻草么!"卖草的说着,横过扁担就向牛戳去。

"怎么？你竟然敢打我的牛?"卖牛的有一副牛脾气,转身对着卖草人拳打脚踢。

"牛老大,别打架,有话好好说。"金坤连忙去劝架,拉开了两人,劝告老乡息怒,才放过了对方。

卖草的人生意没做成,无故挨了打,觉得很冤枉,气不过,想到酒店里喝酒闷。

还没进门,就听屋外有人轻声唤他:"兄弟,能否给我买一碗酒喝?"

卖草人扭头一看,酒店外侧的大树上绑着一个戴着枷锁的犯人,本不想理他,兀自进屋,买了酒来自斟自饮。

隔壁桌子就是两个公差,一边喝酒一边议论着外面的犯人,说那人是反贼,死罪一条,无路可逃了……

卖草人突然心思一动,买了一碗酒端出来,悄悄喂那个戴着枷锁的人喝,问他犯的什么案子？那人见刚才叫住的人送酒来,一口气喝干,感激不尽,很痛快地回答,说自己是反贼,马上要解到大牢里去了。

卖草人大喜,说还可以给他买两个大饼充饥,但是要他办件事。

"我现在只有死路一条了,能为你办什么事?"犯人问。

"进监狱后,你要写自首书吧?"卖草人问,见他点头,继续说,"你只要再写上一笔,就说卖牛的人是你的同伙。"

犯人说:"我又不认识他,怎么能拉他入伙?"

卖草的人说:"那个人叫牛老大,你只说他做牛贩子是做掩护,为了拉拢更多的反贼就行了。"

囚犯想想,说:"行,但你得给我买十个大饼,还有一包牛肉。"

徽商故事（明代）

卖草的人说没问题，一起买来给他放在怀里，这才高高兴兴地走了。

明代监狱

金坤哪里知道后面还有麻烦的事？没过多久，卖牛人的妻子找到金坤家里苦苦哀求，说金大官人，不好了，丈夫被抓起来了，被人诬告是反贼，那可是要砍头的罪啊！

都是同乡，知根知底，陈大行除了脾气坏一点，怎么可能是反贼呢？金坤连忙跑到县衙击鼓鸣冤。县官升堂，知道金坤是本地富豪，一向明公正道，问他有何事，他说是来给卖牛人申冤的。

县官说反贼可是大罪，你不怕给自己找麻烦？金坤说他不是反贼，是自己同乡，也是买卖人，只是脾气暴，自己可以为他作证，保他清白。

县令说是一个反贼供出来的，当堂提审反贼，问他，既然说卖牛人是反贼，他是哪里人？如何与他伙同谋反的？他何时当上反贼的？干过什么事？

犯人当时只想喝一碗酒，混个肚子饱，管不了许多，只说他叫牛老大，曾经伙同他一起上山落草。

金坤让县令派人到乡里调查，同族的人都证明，牛老大只是金坤对他的尊称，他真名字叫陈大行。那反贼连他的姓名都搞不清楚，纯系诬告。

　　金坤言之凿凿,终于把陈大行从监狱里救了出来。卖牛的全家人到金坤家里来感谢,又送银子又送绸缎,金坤坚持不要,把这些东西都还到他家去了。

　　牛贩子对金坤救命之恩一直铭记在心,总想报答他的救命之恩,担心他又不收礼,这才托人送来一头毛驴。

明清徽州府衙(2012年修复)

十年不忘救济恩

有道是大路朝天，各走一边，但也要道路宽敞才是。可是建德的道路并不宽敞。

徽商金坤行走半日，艳阳当空，已经大汗淋漓。心想，如果有一匹马，那可就轻松多了。可惜他是小本生意人，平时又喜欢周济他人，手头并不宽裕，只是羡慕那些骑马之人，听到马蹄声声，他就连忙闪在一边让别人过路。

身后是一匹高头大马，骑马之人衣冠鲜亮，人也魁梧雄壮，似乎走得很急。赶马上前，路过金坤的时候，听到后面人"哇"了一声，只是不在意地扭头瞟了一眼，这一眼就把马上之人看得心慌意乱：本想多看一下让路之人，勒马不住，已经跑到前面去了。

大个子男人不放心，紧拉缰绳，回身调转马头，放慢脚步，回到刚才让路人的跟前，由远及近，看了个清楚明白：十年过去了，此人已经两鬓斑白，却依然那么镇定从容，对自己赶马抢道毫无愠色。

于是赶紧跳下马来，拦在他面前。金坤有几分意外，刚才看见骑马之人抢到前面去，自己叫了一声，并不是因为他有什么闪失，只是担心他如此鲁莽，万一撞到人双方都不好。现在见他跑上前来，担心自己有什么失礼的地方，反而不好意思地说："壮士何必回头？耽误你赶路了,我只是提醒你一声,让你别撞到人。"

那人只是盯着他目不转睛,朝他拱手致礼,问道:"是徽州古楼的金老先生吗?"

金坤有些奇怪:"我们素不相识,您如何知道在下?"

"哎呀,您是我的大恩人呀!"那人纳头便拜。

"呀,我并不认识您,先生为何行此大礼?"金坤赶紧拉他起来。

那人反问道:"金老先生,还记得小孤山吗?还记得向您讨钱的乞丐吗?我就是那个小乙呀!"

金坤想起来了,那是十年前的事:他到小孤山讨要一笔债款,遇见一个乞丐向他伸手要钱。他一看此人身高马大,身体也不虚弱,出口仿佛是乡音,于是就问他是哪里人?

乞丐说,他是徽州古楼人,人称小乙。

亲不亲,家乡人。金坤有异常亲切之感,连忙把他叫住:"哎呀,我们是同乡啊,我也是古楼人。"

对方听出了乡音,羞愧万分,正要转身,被金坤拉住了:"你不信?还记得吗?穿过古徽州府瓮城,踱步到一个长长的石拱桥,就能看见古朴典雅的太白楼。古楼,就是因此命名的呀,你有多久没有回家乡了?"

果然是同乡,可是人家衣冠楚楚,自己却沦落为乞丐,真给家乡人丢脸了。小乙二话不说,转身要走,金坤一把拉住他,说好不容易他乡遇见乡亲,怎么沦落到这个地步?

小乙低头告诉他,本来想投亲靠友,借点本钱做小买卖,谁知来到这里,亲戚已经搬迁,自己连回去的路费也没有,只好沿途乞讨……

金坤就说:"美不美,家乡水;亲不亲,故乡人。现在,在这里,我就是你亲人了。我们相逢是缘分,来来来,找个地方坐一坐。"

于是不由分说,金坤就要请他到饭店吃饭。小乙说:"我这一副乞丐模样，进饭店，人家要把我轰出来的。"

金坤就把他拉到河边上，让他把手脸洗干净，把自己外面的一件衣服脱下来给他穿上，然后再与他一起进了饭店。叫来好酒好饭，招待他好好地吃了一顿，打开自己包袱，取出一包银两，就要全部给他。

"使不得，使不得，"乞丐连连退让，"穿您的衣服已经不好意思了，怎么还能要您的钱呢？"

金坤说："就是陌路相逢的陌生人，我也应该尽力帮助的，更何况我们是同乡，你的困难就是我的困难。我下午就能讨到债务，就可以赶回去了，这些钱，尽管不多，但可以维持生活，同时还能找些事做。"

小乙说："做生意我是外行，别的又不会，不知做什么好。"

金坤告诉他："我看此处是水乡，你可以捞河蚌，这也不用什么本钱的，带到街上卖掉赚点本钱。然后做茶叶生意，咱们家乡的茶叶好，拿到这里来赚钱，慢慢做，也可以发家致富的。"

"我听您的，但这钱我不能要。我还不知道您的大名，怎么还给您？"

金坤说没有多少钱，只是一点碎银子，自己姓金，不都是同乡吗？将来回乡总会相见的，说完放下银子就走了。

小乙感动得眼泪哗哗的，打开包袱一看，发现居然有二十多两银子，想追上去，可是看见金老已经上船走了。收好银子，以后按他说的去做，慢慢发财了，始终想还银子。

但是，他只是说他姓金，自己连他什么名字都不知道！也不知道他在哪里做生意？回到古楼去，好不容易打听，家乡人说，是有这么个人，但他总是在外面做生意，行踪不定，这么一耽误就是十年光阴。这次，打听到他到建德来了，又怕失之交臂，赶紧骑马赶过来，没想着在路上偶遇。

想到这里，小乙不觉流着眼泪又一次下拜说："承蒙您老人家的接济，我不仅摆脱贫困，做起茶叶生意，现在已经积累两千多两银子的资产了。老天让我终于遇见恩公，给我一个答谢的机会吧！"

于是，他拿出钱，办了酒席感谢金坤，还把当初给的钱还了金坤才离去。

救了被打的，还救打人的

朱楷，字子端，世居休宁鹤山。很早父亲就死了，母亲把他抚养成人，让他跟着同族的人出去学做买卖。学徒期满，自立门户经营盐业，生意渐渐做大了，接出来母亲，在淮盐经销地安家了。

一次经商外出，搭坐一条船，正要开船的时候，一个背着沉重箱子的少年上船来了。船户说他背的东西太重，需要付两个人船资。少年不服气，说自己个子小身体轻，加上箱子，也就与一般人带的货物重量差不多了。

两人说着说着吵起来，朱楷从船舱里出来劝架，说愿意为少年付上船的钱。船户不答应，举起撑船的篙竿要赶少年下船。少年挨了一篙竿，夺过来奋力反击，却不料一竹竿打过去，船户的儿子正爬出船舱，那一竿子刚好打在孩子手臂上。娃娃放声大哭，滚倒在船板上，手臂无力地垂下，看来已经断了。

"好啊，你把我儿子的手打断了，老子要你拿命来抵偿——"船户扑上去，卡住了少年的喉咙。

朱楷连忙把他拉开，船户说少年无故伤人，叫岸上的人来把少年抓住，将他送进官衙里去了。船一时也开不了，朱楷只有背起自己的包袱准备上岸，再看少年的箱子，里面装的都是书，难怪沉重呢！

这少年可惜,朱楷同情他,跟到衙门去,看见船户向差役塞银子,还听到他恶狠狠的话:"老子要他的小命赔偿我儿子的胳膊。"

船户买通衙役,少年生命有危险!朱楷担忧,打定主意要拯救他。于是进城找了个伤科大夫,带着一百两银子回到船上来。船上只有船户妻子,孩子哇哇大哭,母亲心痛难忍,见有钱的乘客上船来,还带来了医生,说是给孩子来治疗伤的,有几分诧异。

船户的妻子说:"家里本来贫困,客船的收入也不高,打官司又要钱,丈夫到外面借钱去了,哪里有钱看医生?"

朱楷说,医疗费他来付。等医生给孩子治疗包扎后离开,朱楷又取出了一百两银子,说担心孩子手臂受伤,将来不能干出力的活,所以给一笔钱,让他们家做生意,开一个店铺,将来孩子就是残疾,也有饭吃。

孩子的母亲从来没见到过这么大一笔钱,问少年是客官的什么人?

朱楷说:"也只是萍水相逢,在船上才认识的,但那少年是个读书人,如果坐牢,将来功名前途就完了。你们心疼儿子,少年也是他父母的宝贝,求你们放过他吧。"

做母亲的还是愤愤不平:"我放过他,谁来帮我呀?丈夫出门借钱,还不知何时才能回来,我又要照顾儿子,又要做家里事,怎么顾得过来呀?"

朱楷说:"船老板的船不开,我一时也走不掉,我来帮你带孩子吧!"

于是他就留在船上,喂孩子吃饭,哄孩子睡觉,像是孩子的大哥哥一样体贴关心,还带着孩子玩耍,终于感动了母亲,答应劝说丈夫不追究了。

船户借钱回来,看见孩子已经被治疗,也不再哭闹了,船上有个乘客反而帮照顾孩子,居然送给他一百两银子做买卖,这可是一笔不少的钱,有几分困惑。问:"我看着你们分别上船的,双方并不认识,你为何要出重金赎那少年呢?"

朱楷这才说:"我在船上看得清清楚楚的,你们发生纠纷,我还说要为少年多付船费的,你不依,先动手拿了篙竿戳他,你也有责任。他伤了你的儿子,又不是故意的。已经毁了一个孩子,不能让另一个也毁了。我情愿出钱来帮助你们调解,既解决你孩子的问题,也拯救了另一个孩子,我们都算是做慈善好吗?"

船户的妻子也帮着劝解丈夫,说打官司对自己也没好处,还不如给双方都留条活路……

船户终于不再生气,上岸去撤销了诉讼。打伤人的那个少年解除了监禁,以后也读书成才了。

歙县许村五马坊和大观亭

昧良心的财不能贪

祁门善和里的程神保有个好名字,连妻子也以为神灵能够保佑他。

他要出门经商缺少资金,妻子拿出自己陪嫁的嫁妆,还卖掉了几年来纺织的土布,凑了三十两银子,让他到福建去做生意。临别的时候对他说:"官人此去,祈祷神灵保佑,总要赚一个锅满瓢满才回来吧!"

"不说赚大钱,起码不能把夫人给我的本钱亏了啊!"程神保挥挥手,仰天大笑出门去。

开始他卖蓝染料,资金不多,小本生意,只能少少地进点货物,卖完了再进货。听说福建的蓝色染料好,他亲自去看了,交付了定金,让对方送货来。

福建老板也讲信用,很快把货物备齐,亲自送来了。

程神保正在接收的时候,前堂有生意来了,就让伙计点数。伙计听话,把一箱箱的染料放进仓库里,再向老板汇报,说货物已经收齐,没错。

程神保请福建老板到前面柜台来,把货款全部结算完,对方拿了钱,高高兴兴地与他道别。程神保问他,是否马上要回去了?

福建商人说："明天早上才开船，今天在贵地玩玩，看看。"

程神保祝他玩得高兴，就到仓库看货物去了。一进仓库就发现不对，怎么有这么多？伙计说："包装的篓子大，占地方。"

"不对，数量多了。"程神保说完，亲自点数。点来点去，真多了。看来，福建商人送货来算错了账，多给他五十石。

听说蓝色染料到货了，零售商都来买，找到仓库里，他正在核对数量，见同行来买，他说不忙提货，进仓的数量不对。

"莫非少送了货？"

"不对，是多了。多得多，多出五十石。"程神保再三核算后得出结论，"卖染料给我的人算错账了，供货数量错了，我得还给他。"

来购货的人说："这是你命好啊！本小利微的生意，一下多出这么多染料，可以趁机大发一笔财了，你真走运。怪不得你叫程神保，神灵在保佑你啊。"

"不行，人在做，天在看，昧良心的财不能发。这不是神灵在保佑我，这是神灵在考验我。我要找他去！"程神保说完就关了仓库门。

买货的人看他有生意不做，都说他傻："人家还等着你退货啊？人早走了。"

"不会的，明天早上才有船，今天他还在城里。"程神保说着出了门，一家家店铺看过去，一个个饭店找了去，问各家老板与伙计，是否见过一个说福建官话的人，都说没看见。

福建人在这里人生地不熟的，他会到哪里去呢？啊，说不定在旅店休息哩。于是，程神保又挨家挨户地问过去，终于，在一家客栈找到福建客人，正优哉游哉地喝茶哩。

那人见程老板急匆匆地跑来找他，还有几分吃惊："怎么？程老板，我的货出问题了？"

程神保在他对面坐下，气喘吁吁地说："你，你算错账了，多……多

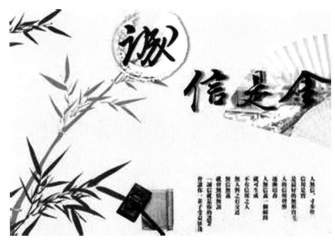

诚信是金

给了我五十石染料。"

那个商人还不相信："怎么可能？我怎么可能多给你这么多？"

"不信，我们回去清点。"程神保喘过气来，带着老板到了自己仓库里，两人一查，果然多了五十石，就让对方把多余的货物带回去了。

福建商人千恩万谢："哎呀，程老板，您真是君子啊。若是遇上那些贪便宜的，就是我找过来，也会赖账的。幸亏您今天找到我，否则，等我回去发现错账了，来回路费得多花许多呀。"

邻居失火殃自家，不怪邻家责自己

程神保好不容易赚了一点钱，一天他正在盘点货物，突然浓烟滚滚袭来，出门一看，隔壁邻居家失火了。他来不及抢救，刚刚进的一批货物烧成灰烬。

他站在废墟边欲哭无泪。正在难过，听边上有人叫他，扭头一看，原来是邻居，对他一躬到底，哭着说："程掌柜，真是对不起你啊！我家失火，连累把你的财产也烧掉了，我这里先向你赔罪。有朝一日，时来运转，看能不能赔偿你一二吧……"

程神保把他拉起来，反而安慰他："不能怪你啊，我在《春秋》上见过这样一句话：'人曰祸，天曰灾，人也。'天灾人祸为什么降到我的头上来？我应该自咎才对，我不怪罪老天，怎么还能怪罪你呢？"

他只能从头再来，因此辗转到大梁经商。

可是，没想到又发生了一场火灾，这次火灾是他老家出事了。他本族的兄弟贵通等，当初投资了一百两银子，程神保经营再困难，每年也都给他们利息的。十多年过去了，付给他们的利息不少，远远超过那一笔本金。可是他们老家房子烧了，而且，连带将程神保家的房子也毁于一旦，堂弟反而来要本钱。

同宗同族的人都说："他们两家没有出一点力，只是把本金放在你那里，获得的利息已经超过本金了，现在有了灾难，你是可以不还本金的。"

程神保的哥哥更义愤填膺："就是他们家房子起的火，连带把我们的房子也烧了，他们应该赔我们房子才对，你怎么还要给钱给他们呢？"

程神保回答说："他们失火，我也有责任！我的德行不够，没有荫蔽族人，怎么能趁此机会侵占他们的利益？如果我占据了他们的资产，将来一定会遇不幸的。"

于是他咬咬牙，把家里的最好的田地卖掉了，把钱还给了他们。贵通父子两个哭着向他表示感谢。

他就这样靠着诚信积累资产，做大了生意，终于赚得七百多两银子。可是，在楚地经商的时候，看到那地方连年饥荒，百姓贫病交加，别人欠他钱物的，他自动放弃不再追究。结果等他回家的时候，只带回了一百多两银子。妻子笑他："别人挣钱越挣越多，你怎么越挣钱越少呢？"

他笑着回答："我不能不维护宗族的利益吧？不能不讲道德良心吧？"虽然没发财，却在宗族里享有了最高的威信，家族的人推举他为乡饮祭酒，官方也赐爵一级，受到旌其门、授官服的表彰。

当了官，却为老百姓交税

官衙前面贴了告示，说新上任的山西盐幕来了，户户都要把税金准备好，否则必将严惩不贷什么的。一时大街小巷议论纷纷，百姓叫苦不迭。

新来的盐幕是个什么人呢？大家一打听，原来是徽州的人，名叫汪大瀇，号仰源，来自休宁斯干，曾经在徐州沛县当过商人。

既然来得很远，这里没有三姑六婆的亲戚，办起事来一定不会讲情面；既然当过商人，听说生意做得还不错，一定精明会算账……

顿时阵阵阴风袭来，凉飕飕地吹到百姓的头上——这下，拖欠的税金免不掉了，人人唉声叹气，个个愁眉苦脸，更有不少人家呼天抢地：过去之所以拖欠税金，就因为无钱交啊，如果砸锅卖铁全交税了，以后日子怎么过啊？

徽商之所以被称之为儒商，就是因为都是读书人，读书做官是他们的首选，迫不得已了才来经商。有机会从政了，汪大瀇扬眉吐气，高高兴兴到盐衙上任。

报到之后，问其职务，才知道他最主要的事情就是收税。过去税收不得力，头两年拖欠了许多，于是上司命他向贫户追逼所欠，居然有三千多两税课银，要他短时间全部收缴上来。

听说有这么多欠银，他倒抽一口凉气，这可不是一天欠下来的，也不是几户人家的事情，能够收得上来吗？先摸摸底再说。

他决定微服私访，穿了一身便衣到处转，看到许多人家房屋破烂，孩子衣不蔽体，碗里都是稀粥。到饭店里吃饭，他问生意好不好？到商店里买茶叶，他问利润大不大？所到之处，几乎每个店铺的人都摇头，说现在生意不好做，成本大利润薄，加上欠了一些税金，如果补交了，全家都得喝西北风去！

他跑了几天，然后向上司禀报，说老百姓日子真不好过，他们没法把以前的税课交齐。

上司不高兴了："不交税怎么行？让你来当官，就是让你来收税的。"

他着急了，不顾官场礼节，操着一口徽州官话大声疾呼："我们当官，是为老百姓办事的，如果当官不体恤百姓，反而要贫民百姓的命，这样的官,还能被称之为父母官吗?"

上司生气了,桌子一拍:"我们体恤百姓,上面的官员哪个体恤我们了? 你不要别人的命,皇帝就要我们的脑袋! 你看着办吧!"说完拂袖而去。

上面催得紧,下面收不到钱,汪大濬急得团团转,最后下定决心,把自己的钱拿出来交税。

家里是指望不住的,前几年赚的钱,嫡母和长辈都安排给弟弟们了,自己的生母日子倒过得很清寒。

幸亏在沛县的收入还有一些积累,积攒了一些银子,想把母亲接出来享几天福的。但是,母亲还能活得下去,而这个地方的老百姓苦啊,许多已经在死亡线上挣扎,再一交税就活不下去了。

他把自己的银子全部拿出来,交到盐衙里,衙门再一层层交上去。盐运使大为高兴,把汪大濬传去,当面表扬他:"你很干练啊,别的地方税课都收不上来,如此短的时间,你怎么一下子收齐了呢?"

汪大濬老老实实承认:"大人,容下官如实禀报,此地收税尚且困难,哪能补税? 我不忍心让老百姓饿肚子,于是,拿出自己经商的全部积蓄,来为贫户抵所欠的税课了。"

盐运使大吃一惊:"哦,你家是富商吗?"

"非也,任职之前,我在徐州沛县经过商,这是我的全部财产。"

"呀,如此贤明的盐幕,本官可从没见过啊。"盐运使想想,问他,"你把钱都捐出来了,儿子成家立业怎么办? 难道他不需要钱吗? 他会如何看你的举动呢?"

汪大濬欣慰地笑道:"犬子伟文读书用功,很支持我为老百姓办事,说将来要靠他自己的力量奋发图强。"

盐运使连连赞赏,说:"你们汪家有这样的儿子,以后繁荣昌盛不可估量啊。"

赢了官司倒贴粮

明代嘉靖万历年间,歙县徽商许世积与人合伙做贩米生意,仅仅一年,就取得了很可观的利润。可是,他急流勇退,坚决不干了。别人不理解,问他那么赚钱的生意怎么突然就不做了?

许世积说:"做生意应该诚实守信,宁可因守法规矩做生意而亏本,也决不能用狡诈手段谋取非分之财。我的合伙人不地道,大斗进小斗出,用诡诈的手段赚钱,是昧良心的钱,赚得亏心,即使发大财也并非我所愿。"

于是他果断分手,利用原来的一些资金开了当铺,由于讲信用,图薄利,不久生意也做得风生水起了。

一天,来了一个精明强干的人,说要找他贷款,要一百两银子。

许掌柜问做什么生意?那人说做瓷器生意。许世积就告诉他,贷款多了,利息就要多付出,其实他只需要借贷五十两银子就够了。

生意人说:"你这个老板怎么不会做生意?我急着用钱,情愿多付利息,你能多收入金钱,何乐而不为呢?"

"不不不,我一贯只收两分利息,从来不乘人之危得利。资金闲置就是浪费,你真的只需要五十两银子就够了。"

那人收了银子,连连点头,表示感谢,还问老板大名,说要宣扬出去，提高知名度。许世积笑笑，随手拿一张当铺写票的纸，写下了自己的名字，那人拿着，点头走了。

幸亏只借贷出五十两银子，那人一去就不回来了，也不知道生意做得怎样。

突然有一天，许世积店铺里来了两个公差，说有个生意人把他告发了，请他到公堂上去应对诉讼。走去一看，原告是谁呢？就是当初要借一百两银子，只拿到他五十两银子的生意人。

这么多日子不见，不还钱不说，还反告债主，岂有此理！许世积大呼冤枉："他借贷多日，我还没有催促他还钱，怎么反而说我差他的钱了？"

生意人狡黠地说："我没借你的钱，你当然不能跟我要咯。但是我有一百两银子放在你店铺里升利息的。现在，我做瓷器生意翻船了，血本全亏，理所当然，要把存放你那里的钱要回来，必须得还我，要不然我们没完。"

县官接过他的证据一看，果然是一张字据，上面写着某年某月某日，许记当铺收他一百两银子的投资。

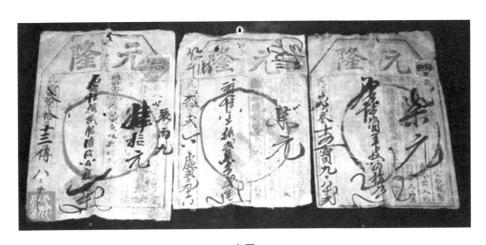

当票

哪有这种事情？他怎么恶人先告状呢？莫非，账房或是店铺伙计收了他的钱？

"收银子人有亲笔签名，这可是你的字？这纸张是否是你店铺的？"县令拿生意人的收据给他看。

许世积看后说："纸张是我家写票的纸，名字也是自己签字的，但是，其余的字不是我写的。"

那生意人说："其余字，是你店铺里的人写的。"

"我们没人写这样的字，不信可查。"许世积坚决否认。

县令派个小吏到许记典当铺，让每个人都写下同样的字，真没有一个人与收条上的字迹相同。

差人从店铺里带来月号簿，根据日期上的记录，从当月经营纪录逐日检查，没有搜索到这商人投资的记录，却查到了他贷款的收据，签字都与那人的吻合。

许世积有充分的理由了："大人，如果此人有钱存放我处生息，他何苦要借贷我店铺的钱呢？"

"有哪个条款规定，我不能一边贷款一边生息？"

听到那人反驳，县令沉吟一阵，吩咐手下几句，写好了结案文书，再给那个生意人看，说事实已经清楚，判许记当铺还你银子，你写字画押吧。

生意人接过宣判一看，自己居然赢了官司，不仅不用还那五十两银子，还能多得一百两银子，一时利令智昏，欣喜若狂，赶紧画押。

县令见他签字后还没放笔，似乎顺口说了一句："你将今天的日期也写上啊。"

那人不假思索，也顺手把当天的日期写上了。

刚刚把结状纸递上去，县令将惊堂木一拍，厉声呵斥："大胆狂徒，竟敢伪造收据，欺骗本官，骗取他人钱财，还不如实招来？"

徽商故事（明代）

"啊？"官司逆转，生意人大惊失色，赶紧跪下求饶，"清官大老爷，您真是明察秋毫啊，我招，我招了——"

原来，生意场上充满了尔虞我诈，此人见许世积忠厚老实，以为好欺，到他那里本想借贷一百两银子不还的，只借到五十两。但是，那天灵机一动，让许世积把名字写下来。那是当铺的空白纸，写着掌柜的名字，正好可以利用。

生意赔本了，不仅不想还钱，这人还倒打一耙，诬告许世积欠他的钱，就用那张纸伪造字据，说他当日借给许记当铺百两银子，作为许世积收他钱的收据了。

告到了公堂之上，县令审案后，也明白，这生意人借许世积钱的字据是真的，当铺收银一百两的借条是假的。但是判案要讲证据，如果当堂要生意人写字，他必定不按平时的书法习惯写字。所以假装在公堂之上结案，让他写出自己名字与日期。对了笔迹，县官立即清案。原告输了，当堂被罚双倍赔偿当铺的银子，还被打了五十大板。

许世积这才想起，那天用当铺纸张写下了名字，也怪自己虚荣心强了。此时感激不尽："大人清明智慧呀，能审清此案，还小民清白已经足矣。但是，小民想此人虽然诬告，穷凶极恶，但是也的确有难，钱财我也就不再追究了，也不要他赔偿了。"

县官非常吃惊，站起来探身问："许掌柜的，莫非你要来个'义让'？"

许世积点头："大人明鉴，他也是情非得已，得饶人处且饶人吧！"

那人趴在地上，连连向他磕头道谢，保证以后再不能做此等害人的亏心事了。

许掌柜望着地下的生意人摇摇头，出了公堂。回到家里，夫人问他，官司打赢了吗？

他哈哈一笑："真的假不了，假的真不了，县令判他双倍赔偿我们呢！"

妻子一皱眉头："那个人岂不是雪上加霜吗?"

许世积点头："夫人大度,我们是心有灵犀啊。见他赔不起,所以我推让了,损失五十两银子买个教训,也不想他加倍赔偿我们的银子。"

"我看,再给他家送点粮食去,可怜他的老婆孩子,说不定正在挨饿哩。"

"对,还是夫人想得周到。"于是夫妻相视而笑,反而送了两袋米给那家人。

当票

三百多银子，两次救程生

　　程生真是一个倒霉的人，刚刚结婚不久，还没一个孩子，妻子就病死了。他郁郁寡欢，不是在家里睡大觉，就是在门口晒太阳，见了人什么话也不说，木偶一般。

　　方景真见了，恨其不争，于是就问他："程生，你有什么想不开的呀？"

　　他像没听见似的。街坊邻居就告诉方景真，说出程生的不幸。方景真走过去，停在他面前，直截了当地说："小伙子，你就这样每天发呆？真是没出息！"

　　平时听到的都是宽慰自己的话，都是同情自己的语言，现在来的人，居然莫名其妙地指责他，马上抬起头来横眉冷对："碍你什么事了？你走你的阳关道，我过我的独木桥，我想怎么与你不相干，少在这里管我闲事！"

　　方景真干脆蹲下来直视着他："我看你知书识礼的，怎么说起话来不讲道理？我还就想管你闲事，这是关心你，想帮助你。你不就是早年丧妻吗？年纪轻轻的，路还长着呢！再娶一个就是了。"

　　"说得轻巧，像根灯草。你是大官人，因为你做买卖，你有钱，我们穷家小户的，结婚那么容易吗？找一个我喜欢的女人容易么？"

　　说着说着，他居然淌眼泪了。方景真就说："男儿有泪不轻弹，你说的感情问题是次要的，主要缺钱是不是？我支持你如何？"

还有这等好事？程生几乎不相信自己的耳朵，抬起头，诧异地望着这位财大气粗的生意人，反问："你为什么支持我？"

方景真站起来，拍拍他的肩膀说："就凭我们是街坊邻居，你有困难，我有责任帮你，你物色好了女人来找我，你找不到事做，也来找我，就这么吧。"

望着他魁梧的背影远去，程生将信将疑。

街坊邻里都告诉他："方大官人既然这样说了，他一定能办到，不知道他救济了多少人，你这点儿小事算什么？只管找他去。"

程生似乎在黑暗中看见了亮光，果然打起精神去找方景真，在他店里找到事做，生计不再成问题。

一天，吞吞吐吐地告诉方老板，他看中一个姓胡的姑娘，只是她家聘礼要得多。方景真说没关系，需要多少银子你尽管开口？

结果给他花了三十多两银子，娶来了胡家的小姐。成家之后，程生离开方景真店铺做点小生意，慢慢家境变好了。

但是，小本生意他做得不过瘾，一天主动找到方景真说："掌柜的，能不能再借点钱给我？"

方景真问他干什么？他说要到水上做买卖，需要三百多两银子。方景真爽快地答应了。拿着银子，程生招募了十几个船员，买下了船，就来向方掌柜辞行。

方老板告诉他，一定要把人看准，出去做生意小心谨慎。程生答应了，高高兴兴地出发。但是半个多月后，一个船员找到方家铺子里，进门就喊大事不好了。方景真问他什么事，他说，我们程老板倒大霉了。

原来，招募的十几个船工中有歹人，他没看出来。买了一条船准备去贩运，行至半途，停船泊岸。第二天早上，大家都迷迷糊糊的，半晌午才起来。发现自己购买货物的银两全部没有了，船员中少了三个人。

徽商故事（明代）

原来那三人是强盗,假装船员混到船上,头天晚上在饭菜里放了麻醉药,夜里席卷了方景真的钱财逃跑了……

这下,程生受到的打击比死了老婆更厉害,干脆躺到床上不起来了。幸亏船员没有死亡的,但是他们行几天船,分文没有拿到,还差点送了命,不依。去找程老板,他就像死了半截一样不理不睬,没有办法,只好来找方掌柜。

方景真马上赶到程生家,见他果然躺在床上不吃不喝,见了方景真嚎啕大哭,有气无力地说:"我怎么这样倒霉呀?有命无运,干什么都不顺畅,活着还有什么意思?你就别管我了……"

方景真说:"我怎么能不管你?因为你还要管你的船员,你没给他们工钱;你还要管你的家人,他们等着你养活;你还要管我,我还等着你还我的银子呢?你就这么躺倒可不行。"

"可是,可是我一点办法也没有啊!"

"天无绝人之路,我一如既往地支持你,"方景真拉了他一把,"你坐起来,然后站起来,再走出去,我先帮你把船员的工钱开支了,一起想办法做别的事情……"

听了他的开导,程生下床了,拉住方景真的手问:"你为何如此帮扶我?"

方景真笑道:"岂不闻先秦时孔子《论语·子罕》曰:'后生可畏,焉知来者之不如今也?'你们青年人势必超过我们,将来,你一定比我有前途。"

"可是,我债台高筑,怎么还得起?"

"没有过不去的山,路在脚下,只要重振旗鼓,一定有东山再起的一天。"

果然,在方景真的帮助下,程生最后成了一名大富商,与援助他的人一样具有侠义精神,也为百姓做了很多善事。

买包药,得本书

　　新安保和堂一开门,来买药的人就络绎不绝。生意正在鼎盛的时候,一个年轻人风尘仆仆地赶来,站到药店门口,抬头看看黑底金字的大匾牌有几分不相信,进门就问:"请问,这里是保和堂吗?"

　　一个伙计连忙迎上去说:"是的是的,先生要买什么药? 有处方吗?"

药　房

那人还不放心，又追问一句："是不是国中医术圣手陆彦功的保和堂？"

听出他的外乡口音，账房有几分不高兴了："你怎能够随便叫我们大人名字？他可是两次被召入宫、官至太医，治愈宫中王公贵族疾病的国手，还是著有《伤寒类证便览》十多卷的圣手，名字岂是你能叫的？"

年轻人连连赔罪，说："对不起对不起！家父病重，我也是病急乱投医……"

"跑到我们这里来看病，正是走对了路啊，你还病急乱投医？"伙计听出他话里的破绽，不耐烦了。

这是个外乡人，发现自己失言了，拍拍自己腮帮子说："说错了说错了……也不对，我是在家里听错了。家母说要买保和堂丸，我出门就忘了全名，跑到一家也有保字的药店里，结果买的药不对症，现在重新找过来，看来没错。赶紧给我十颗保和堂丸。"

买药之人满心高兴，等待着他们拿药呢！谁知道账房与伙计异口同声说："对不起！卖完了。"

买药人着急了："怎么回事呢？就打算我刚才多啰嗦了几句，也只是为了确凿而已，如果有得罪之处，还望多加包涵，你们不能不卖药给我啊！"

账房先生走出柜台，指责他说："我说你这人是怎么的？你当我们的药铺就为你一家人开的吗？我们保和堂丸太紧俏了，行销大江南北，一时断货，这很正常啊。

"这可怎么办呢？"那人一听，一屁股坐在门槛上，顿时哭天抢地，"父亲大人啊，都怪儿子不孝啊！上次没听清母亲的吩咐，买错了药，这次好不容易找对地点了，却又没有药了，您的病可怎么治啊？"

他这一哭一闹影响做生意呀，药店里的人让他过几天来，他也不听。门外来了许多看热闹的人，见他真是着急，纷纷给他出主意，说他们是药铺，有坐堂医生，可以叫他们开方子嘛……

因为药铺刚刚开门，坐堂医生还没到，伙计告诉他不要哭了，等一会儿大夫就会来的。

正说着，大门外突然响起中气十足的声音："是谁在哭？有什么事？"

药铺里的人立即屏声静气，药店外的人也垂手而立，有人轻声说："来了来了，陆大人来了……"

陆大人？买药的人立即站起来，就见门口人群让开一条道，走来一个穿白色便服的老者，两鬓斑白，胡须如雪，一派仙风道骨的模样。异乡人一看来人气度不凡，连忙迎上去问："莫非您就是国医圣手？"

老者也不客气，微微点头："我是陆彦功。"

"哎呀，我可找到您了！"买药人当即跪下，"父亲患了伤寒，就等你们的药丸救命，可是没有药了，这可怎么办啊？"

陆彦功驻足问他，怎么不送到这里来看病？年轻人说路途太远，行动又不方便。

"你就跟我说说你父亲的病情吧！"

陆彦功说完走进殿堂，账房先生立即端出一把太师椅让他坐下，轻声问："大人怎么今天来坐堂了？"

原来，陆彦功两次进宫，医名日著，因母亲过世，辞官归故里服丧。正在家里哀思，听见下人传报，说药铺门口有人哭泣。问清原因，说因为买不到药丸难过，于是赶来问个究竟。

了解情况之后，这才对年轻人说，"你的父亲不能前来，我也因母丧期间不便外出，你把病情告诉之后，我先给你开几副汤药，过些日子你再来拿药丸，必定是药到病除的。"

一边说着，一边下笔滔滔，开下药方，又责怪店里的账房与伙计：

"我们开药铺是为了治病救人，医者仁心，善待每一个来求医求药之人，这才是药商之道。"

在药店里一片"是是是"的应答声中，陆彦功这才走出门回家去了。

药店的人立即改变了作风，赶紧给外乡人配置好了药，包扎好了，递给他，又送给他一本书。

给王公贵族看病的国医圣手，今天亲自给自己父亲开药方，外乡人已经感动得热泪盈眶了，现在见配好了药，还送一本书，有几分奇怪？哪家药铺也没有买药送书的规矩呀！

账房先生对他说："这是保和堂专门配用的药物手册，你们拿回去看一看，针对患者的病情，就知道何时该看病，该买什么药了。"

来买药的人一手提药包，一手拿着书连连答谢。外面看热闹的人也个个赞叹："难怪保和堂声誉卓著，以医荐药，更深得民心啊。"

只要桥梁在,没署我名有何妨

白云桥建成了,人们奔走相告,喜讯传进城里,方景真的儿子听到,赶紧跑回家向父亲报喜,一定要他去看一看。

方景真正在做生意,顺口说了一句:"建成了,能方便大家就行了,我去看干嘛?"

儿子说:"我们家花了几百两银子才把这桥造好,你是两岸人民的菩萨呀!让那些过桥过路的人们记得你,也念叨我们方家人一声好,我们走到哪里都扬眉吐气,不值得自豪吗?"

当父亲的说:"我们修桥铺路,只是为了人们方便,不是为自己脸上贴金的,要看你看去吧!"

下午,儿子跑了一趟回来了,气鼓鼓地往椅子上一坐,将椅子扶手拍得啪啪响:"父亲啊,叫您看您不去看,您要在那里,我们就去找张太守理论理论,您没看到他在那里趾高气扬的模样,真是气死人呀。"

"他是一方父母官,河流疏浚了,桥梁建成了,他应该去与民同乐的。"

"他只是奉旨来疏通河道的,河道通了,老百姓却不方便了,来往都靠渡船,要不然得绕许多路,他的事才做了一半,有什么得意的?"

方景真放下了手里的账本,这才走过来说:"所以我们才要造一座桥啊。"

徽商故事（明代）

儿子对父亲说:"咱们花那么多银子把桥造好了,当初桥边上的石碑刻着您的名字,记载了您捐赠修建白云桥和白云庵的事。我今天上午一去看,石碑上的名字没有了。当官的把我们的贡献变成他的功劳,真是贪天之功为己有啊。"

儿子年轻气盛,有几分像自己少年时代的脾气,方景真有些欣慰,可背地里议论官员,这却犯了大忌,父亲教训了儿子几句。

儿子不服气,依然强词夺理:"他拿朝廷的钱来疏通河道,功劳都变成他的了;我们自己出钱为老百姓办事,却连名字都留不下,天下哪有这样不公平的事啊?"

父亲拍拍儿子的肩膀说:"只要桥梁在,人们来往方便,我的目的就达到了,桥头的石碑刻上了我的名字,我不会因此多活几年;没有刻上我的名字,我也不会少活几天。署名不署名,真的没一点关系。比如说我们卖了一床棉花给别人,难道棉花上还要写我们的名字吗?"

儿子知道,祖父生病了,父亲15岁就经商做买卖,挑起了家庭的重担。他第一笔生意,就是运了两船棉花到武进县,赚得了第一桶金,按理说,他有大功劳啊。

可是祖父却说是应该的,做生意就是要赚钱,不是加大投入支持他,反而收回本金,只把利润给他继续做买卖,本金放在家里,每一年取一点利息作为家里开支,迫使他谨小慎微行商。这本来就不公平啊,父亲却从来心平气和。

方景真也想起当年做生意的情况,听说四川缺茶叶,要贩卖到巴山蜀水去,资金不够,还是妻子把嫁妆拿出来支持自己的,现在一点点把生意做大了,儿子也到他当年的岁数了,怎么就这么不懂事? 于是慢慢开导他。

儿子还是不服气:"我们卖棉花,卖茶叶,那是有回报的! 我们获得了金钱,获得了利润。我们修桥,修建白云庵,拿出的全部是自己的利润，我们却没有一点收获，想想也亏心……"

看看说服不了儿子，方景真这才放下自己的买卖，领着儿子出去，说："我们去看看，捐钱出去到底有没有收获？"

父子两个来到白云桥边，桥上的石碑上果然只有对疏浚河道歌功颂德，建桥似乎也变成太守的功劳，来来往往的人都不认识他们，但是一个个喜笑颜开，交口称赞，都夸这桥修得太好了，节省了时间，方便了来往的人，官府这件事做得真不错。

桥那边的白云庵却走出来几个人，都是上香结束的人，走过来说："哪里是官府出的钱？这是城里做买卖那个方大官人出的钱，白云庵也是他造的，我们刚才还给他烧了两柱高香……"

儿子听见，马上就要喊出来："这是我爹爹——"

方景真马上把儿子拉住，示意他噤声，轻轻地对他说："谁说我们没有收获？人们来去匆匆的步履，走在桥上喜滋滋的笑脸，人们到庙里烧香的虔诚，都是对我们最好的回报啊。你说是不是？只要桥梁在，不署我名有何妨？"

儿子理解了，脱口而出："我懂了，金碑银碑，不如老百姓的口碑，石碑算什么？"

父亲满意地点点头。

歙县许村高阳桥

他把债券全烧了

歙县汪拱乾是个十分精明的生意人。一手算盘打得呱呱叫,算起账来滴水不漏,他经营的产品却五花八门:市场上最热门的东西他不买不卖,专门收购些别人不要的,或者是别人处理的货物,放在仓库里面囤货居奇。没多久市场缺少了,他转手抛出来,就成了供不应求的商品。所以经商三十年,积累了万贯家财。

财源的另一方面就是放贷,他可以说是来者不拒,别人要多少就给多少,立下了字据,然后注明利息是多少。这边留下条子,那边借钱的人捧着银子,也高高兴兴地走了。日积月累,债券越来越多。一天,他让儿子们清点一下,一数,竟然有两千多张了。

小儿子有些着急,说:"有的人欠债十年都没还呢!我们为什么不问他们要?"

二儿子说:"小弟你真是个傻瓜,时间越长,利息越多,父亲的意思你还不明白吗?到时候一起算总账,利息累计起来,有的还要超过本金,一起要回来可是不小的数字。"

只有大儿子沉稳,在两个弟弟的催促之下才发表议论,问他们:"你们知道范蠡经商致富的故事吗?"

"怎么不知道。"两个弟弟异口同声地回答。

小弟弟还嘻嘻地笑了："就因为太有钱了，就把天下第一美人西施拐跑了……"

二哥拍了他一巴掌："正经点，大哥跟我们讲的，绝对不是这些道听途说的故事。"

"对，我们要商量正经事。"大哥说，"我要跟你们说的是，大家至今还在对陶朱公范蠡经商智慧交口称赞，就因为他既能聚财又能散财，所以被天下人称道，你们说是不是？"

两个弟弟忙问："难道，你也要父亲把财产都散掉吗？"

大哥点头："其实，我们家相当一部分的财产，就散在这两千多张债券里。"

"如果收回来，那是多大一笔财富啊！"小弟弟情不自禁地跃跃欲试，好像马上就要出去收债。

大哥把他按住了："这不是一笔财富，这是一笔灾难。"

弟弟们骇然瞪大了眼睛："怎么可能？"

"怎么不可能？"大哥坐下来给他们慢慢解释，"你们想一想，如果，我们放出去的每一笔款子是十两银子，两千张债券是多少？"

"那就是两万两银子啊！"两个弟弟异口同声地说，"再加上利息，更不得了。"

大哥启发过后，弟兄三个议论纷纷：有的人多年没有还债，是因为他们支付不起，欠债越久，对债主的怨恨就越深；每一笔债务，都是一座火山，总有一天火山要爆发的，火要烧起来的。帮了别人的忙，反而遭人记恨，还不如用那些金钱，去买人家的感谢，去换自家的平安，也免得枪打出头鸟，逼着借债人铤而走险……

汪拱乾就在隔壁，听得一清二楚，捋着胡子满意地笑了，这时候才走出来，高兴地说："你们的话，说到我心坎上了，聚财不是为了享受，是为了有朝一日派上用场。就跟有钱买不到生命一样，但必要时，钱可以用来请医生治病。所以，我平常叫你们克勤克俭，艰苦朴素，就是让你们学会过日子，学会自己艰苦创业。我的钱，就可以去救济那些需要钱的人。散财就是搞慈善，不能把贫富差距拉得太大，这样，我们方家经营才能经久不衰，你们也能够锻炼成才……"

三个弟兄都统一了意见，一起表示赞成。父亲便叫他们分头出去，通知那些欠债的人。

一天，汪家父子专门选了个大院子，把所有欠债的人都找过来。黑压压的一大片人来了，一个个提心吊胆，以为要集中催他们还债。

汪拱乾叫儿子们把箱子抬过来，打开来，拿出了两千多张债券字据，站到高台上对大家说："乡亲们，今天请大家来，不是来向你们讨债的，而是，要当着你们的面，把这些债券全部烧毁。"

下面站着的人呆了，简直不敢相信：怎么可能？欠他这么多年的债务，这么多的钱，他难道真的不要了吗？

汪拱乾理解他们的心情，打开天窗说亮话："你们借我的钱理当还给我。但是，你们需要钱，而我已经富裕了。本来，我应该留给我的儿孙们，但是他们兄弟商议好，情愿放弃继承这笔财产，表示要用自己的双手创造财富。所以，我留给他们精神上的财富更多，远远重于物质上的财富。儿孙们需要的是精神，你们需要的是金钱，今天，我就要当着你们的面，把欠我的债务全部清理。如果，你们积攒了准备还我的钱，那就拿去投入生产，发家致富，希望大家将来变得跟我一样富有……"

说完之后，弟兄三人抬起箱子，把债券倒在地上，点一把火烧成灰烬。在场的人无不欢欣雀跃，有的人，甚至匍匐在地下连连磕头，说永远要记住汪家人的恩德。

汪拱乾损失了几万两银子，他却获得了最大的收获——他的儿孙们个个争气，每个人独当一面，有的经营木材，有的成为卖布的商人，有人开了典当铺……汪家后代兴旺发达，不能不说烧毁债券有激励作用。

救了周哥，找到出路

　　徽州休宁县是中国的状元之乡，尤其是以武状元名满天下。他们的武功怎么来的？一个个讳莫如深，居然流传出齐云山有神仙教授武功的传说。

　　家住岭南乡的汪通保才十三岁，也不辞辛苦地找过来想学门武艺，将来当个武状元。

　　好不容易来到齐云山下，天已经快黑了，还要穿过一片树林才能上山。近看林深树密，远眺云遮雾罩，万一当中有歹人有野兽，都是非常危险的事情，于是他在树林外面休息，想等第二天早上再上齐云山。

　　正准备生火，身后传出一片响动，一个黑乎乎的东西摇摇晃晃出现了。汪通宝吓了一跳，抽了一根树枝，闪到一边。定睛一看，原来是个一瘸一拐的男人，大着胆子走上前去，问他是干什么的？

　　那人没想到树林边有人，看清是个半大的孩子才放下心来，叫他一声小兄弟，说因为回家的路上露了财气，黑店的人要谋财害命，他才逃了出来。

　　汪通宝回身，看见了一路血迹，想到首先应该救人性命。见那人伤了右腿，他打开包裹，撕开一件干净内衣，给他包扎好伤口。然后，用树枝扫开他来时路上滴的血，用沙土埋掉脚印，这才扶着他走开。

找到一处隐蔽的地方歇息，烧起了一堆柴火，拿出干粮烤给他吃，仔细问他的来龙去脉。

听口音有几分熟悉，问起来，男子说他是休宁岭南乡的人，叫周福，今年三十岁了，一直在松江做买卖，虽然有十几年没有回去，但认识岭南汪家的人。

原来是同乡啊，但他在家乡的时候，汪通宝还没有出生呢。现在听他说起家乡的老人与景物头头是道，听起来来格外亲切。于是纳头便拜，口口声声喊他福哥。

眼前这少年不仅骨骼清奇，而且知书懂礼，讲义气有胆量，还是自己的小老乡。周福心里热乎了，问他要到哪里去？汪通宝把自己的打算一五一十地说给他听了。

听说他要去找神仙拜师傅，周福笑起来了，说他在齐云山来来往往走了好多趟，从来没遇到过神仙。学武艺他的身子也太单薄了，弄得不好，还把身家性命都赔了进去，还是别去算了。

汪通宝苦着脸说："福哥，不是我一门心思要当武状元，因为家里人多田少，想学一门手艺养活父母，不上齐云山，我又能到哪去呢？"

"天下并不只有一条路，你也可以像我这样做生意呀！"

听他这么一讲，汪通宝又一次跪下，这回他喊师傅了："周师傅，刚才你说是做买卖的，一定懂得经商之道，能不能带我这个小徒弟呢？"

这个少年真是机敏！周福告诉他，自己做的生意不是大买卖，也就是开个当铺，给人资金周转行个方便，人们需要金钱的时候，拿一些物件来抵押，以后有钱了再赎回。

这生意不错啊！劳神不费力，肯定需要些学问，于是要周师傅带他到松江见识见识。周福看他是个好苗子，很爽快地答应了，两个就坐在火堆边歇息了一晚上。

第二天，汪通宝扶着他走进城里，找到一家客栈住下。周福说，他要找人带信回老家。汪通保说："师傅，您的老家就是我的老家，既然要跟您学徒，也应该回家禀告一声，干脆我就跑一趟吧！"

于是，他回到了岭南乡，找到周福的家里，把路上遇见歹人的事说了一遍，周家人还给了些钱做路费。然后他又回到自己家，向父母禀告，他要跟周福去学典当生意。这比上齐云山学徒可靠多了，家人大喜。他放心地回到城里，有了路费，两人一起到了松江。

在店铺里，周福悉心地教授他。汪通宝聪明伶俐，学得也很快，五六年之后就能独当一面，因为资金少，他只能卖些新奇的小玩意，觉得没什么发达，要开典当铺，资金又不够，周福又一次支持了他。

浙江桐乡乌镇的汇源当铺，徽商曾在此镇开有多家当铺

后来，汪通宝在大街中央开起了汪氏典当行。他为人机灵，又讲诚信，典当生意很快做得风生水起。生意火爆的时候，店外排起长长的队伍。

汪通宝看在眼里，急在心上，想起周福告诉他的话："做生意要与人方便。"于是他把设在街市中的店铺四面墙壁都打通，每一面都设置了门，柜台也是几张柜台合拢来的，顾客可以从任何一边进来，很快就能完成交易。四面迎客之后，他的生意更加兴旺，以后居然发展成松江地区的生意大佬。

　　汪通保虽然成了有钱人，但对于周福的帮助从来没有忘记，周福离开人世后，他亲自回了趟岭南，找到周福年迈的父母。将他们和自己的父母一同接到松江，让周家老人与自己父母一起安度晚年。

休宁一瞥

人死债不烂,连本带利还

这一天,汪通宝满脸悲戚,走进自家的典当行叹口气,要账房把朱秀才的账目结算一下。

账房找到了朱秀才的账目。这人几年前投放这里有五百两银子,说是自己的私房钱,不方便带在身上,因为是汪通宝的老顾客,把钱放这里安心,需要时他再来取。

汪通宝答应给他保管,而且说每年都会付利息的。朱秀才说他不指望利息,只要他答应不告诉别人,汪通保答应保密。

放了银子后,朱秀才就出外游学去了。一去经年,近日有人带信回来,说他已经客死在外面了。都是读书人,平日里很讲得来,他这么一走,少了个朋友,汪通宝好生难过。还有一点,他一笔存款放自己典当行里,也不会自己来取了,要给他把后事办好啊。

由于经营得法,汪通宝的生意做大了,资本都有了利润,账房先生再一算,朱秀才的五百两银子,连本带息已有一千八百两了。

他推开算盘,高兴地搓搓手:"这真是呀,财气来了挡都挡不住,这么多的银子,简直就是从天而降的。"

汪通宝诧异地望着他,问此话怎讲?

"这银子是朱秀才的,他不是死了吗?人死债烂,他要我们保密,肯定也没对别人讲过，没有任何人会知道这事的。"

"怎么没人知道？天知地知，你知我知，没人知道，不等于就是我的银子啊！人所不知的银子，它也是有主人的，朱秀才死了，他一定还有亲人，我们应该找到，把钱还给他们。"

被老板训斥一顿，账房咕噜道："就是找到他家人了，最多就把本金还给他吧？谁知道我们靠它生了利息呢！我们借贷出去的银子，又没有打朱秀才三个字的烙印……"

"先生此言差矣！"汪通宝知道，账房是在维护自己利益，但不为所动，坚决地说，"徽商之所以能成为天下第一商，就因为我们以诚信经营天下，哪怕贪图他一点利息，也是做人的瑕疵。你把这笔银子给我准备好，我抽时间去找他的家人，找到以后，全部归还他们。"

这么大一笔钱都不要，真是迂腐啊！账房摇摇头。汪通宝看出他的心思，进一步说："君子爱财，取之有道，我既然跟他说了有利息，而且我们也真正是用他的钱赚了钱的，不能昧着良心贪污啊……"

说动了账房，汪通宝托人到处找朱秀才的家。终于打听到，朱家在一条偏僻的巷子里，家中还有一对年迈的父母，于是，带着一千八百两银子进了朱家门。

朱秀才家本来也不富裕，老两口正为儿子客死他乡伤心，看见来了一个衣冠楚楚的富人，还以为是来要债的呢。连连声称，对儿子在外面的欠债一无所知，连运回他尸骨的钱也没有，怎么能帮他还债？

汪通宝要他们宽心，说是来给朱家送钱的，说着捧上银子。老夫妻怎么也不相信，儿子哪来这么大一笔财产？

汪通保告诉他们，因为是朱秀才的朋友，所以略知一二。朱秀才在外面游学获得的润笔费一直保存着，赚够了五百两银子，一起放在他们典当行里面生利息。几年来，他没有来取，利加息，息加利，累计现在已经有一千八百两了！

　　他最后说："儿子死了,你们老无所依,这笔钱正好给你们养老!"

　　老板亲自上门送钱,而且是他们一点儿也不知道的钱,这样的好人到哪里去找啊! 老两口一再拜谢汪通宝,四处传扬徽商的诚信,汪通宝的信誉扬满天下。

婺源江湾今貌

不是钱多是心善

嘉靖年间，松江一带大旱，灾民无路可走，拖儿带女，一起进到郡中要饭。大街小巷里，墙角屋檐下，到处都是忍饥挨饿的灾民。

郡中家家户户缺粮，商铺的门都关起来了，太守急得焦头烂额，城里居民都解决不了吃饭，附近几十里上百里的人都涌进城里来，不是连累大家都没饭吃吗？于是吩咐手下去关城门。

城门关不住啊！城里人出城的要回家，还有人要出城办事，更多的难民堵在门口，都想进城讨饭吃，一起堵在城门口，吵吵嚷嚷地成了一锅粥。

就在这个时候，一辆马车来了，赶车的对车里的人说："掌柜的，城门关了，我们进不去了。"

车上人下来了，一身华服，气宇轩昂，走上前去，见城门紧闭，城楼上站着士兵，严阵以待的样子，就对着上面喊："你们为何把城门关了？让你们守门官来。"

一个头目站到城楼上探身下望着，问来者何人？

赶车人连忙上前一步，对守城官说："这是城里汪记当铺的掌柜，出门办事回来，劳驾开下城门。"

守城官连忙点头哈腰："汪大官人我们是知道的，全城首富啊！我们不是要阻拦您,太守下了命令,关城门,是因为四乡八邻的难民都要进城来啊!"

　　来人正是徽州商人汪通宝,原本是歙县岩寺镇上的人,少年时代就出门经商,进入松江时,还只是个小贩子,但他有气节有人品,朋友多交际广,很快以典当业在松江独树一帜,发展成当地首富。说起他,没有人不知道的,刚才还给他的马车让路的,现在都一起涌过来。

　　这个说:"汪大官人是好人,他的典当铺开得大呀! 天天门庭若市。"

松江府衙今貌

　　那人说:"他的典当行,开了东西南北四扇大门,为四面八方迎接客人,到他们那里办事就是方便。"

　　一个老太太说:"上次我到他们当铺里当一只金耳环,他们比别的地方出钱多。伙计把钱给我的时候,钱都是好好的。我正在数钱,就碰见汪大官人来店铺里查看，看到我手上一文钱有裂缝，马上要伙计给我换一枚新钱，还把他们训斥一顿，说早给他们说过，不能支出有残缺、不能流通的钱给老百姓。"

一个年轻人说："汪家做生意就是仁义，到他们那里结账都按实际天数计算，不让我们吃亏。"

周围的人纷纷点头："是啊，他家大业大，听说老家还有良田数顷，咱们这里商家没有比他资产多的，到他那里典当，我们都放心。"

一个老头上前说："我今天正要到汪记店铺去，典当些家里不用的东西来度灾年，这城门关着，我们进不去了，汪大官人，你能在这里典当些钱给我们吗？"

汪通宝苦笑道："乡亲们，我从外面回来，也知道大家的灾情，就是想进城和官吏商议，如何帮助大家渡过灾荒，有事我们进城去办好吗？"

一些老人孩子哭了："现在城门都关起来了，怎么进得去呀？"

一个个拥上前来向他诉苦："汪大官人，帮我们说说好话吧！我们只不过是想进城讨碗饭吃，为什么一条活路都不给我们呢？"

汪通宝朝城上守门官拱拱手："我要面见太守，能否麻烦通报一声？"

听说是汪掌柜，全城地方的税收也要靠他，现在居然关在城外进不来，太守匆匆赶来，只有站到城楼上再三道歉，说对不起。

汪通宝朝上拱手道："太守大人，您是这里的父母官，您不是对不起我，您是对不起城里城外的百姓啊。就拿城外人来说吧，有的本是城里人，如我等，你不能让我们不回家吧？城外也是您的子民，他们一不是强盗二不是土匪，进城要饭，也是为了渡过饥荒，保全性命，又不是兵荒马乱的时候，为什么要把城门关起来？"

太守苦着脸说："本官岂能不明白您说的道理？俗话说手心手背

都是肉，可城里人尚不能填饱肚子，保全性命，城外之人再拥进来，我不能看见他们横尸大街小巷啊。"

汪通宝反问道："难道忍心尸横遍野吗？"

"我也正愁这件事，本来想发动城里的富民协同赈灾了，可说实话，本官还不如汪大官人您的威名，他们说您这个时候出城返乡去了，一个个也就不愿出头了。"

汪通宝哭笑不得，说："回禀大人，我若是出城躲避，现在还回来干啥？我就是回来帮助赈灾的呀！"

四周的人听他这么一说，一起欢呼起来："大掌柜回来帮我们渡过难关，这下我们有救了。"

太守还有些将信将疑："汪掌柜，此言当真？您有什么办法？"

汪通保说："前几天我出城，就是去筹备粮食啊！即日就可送到，明天，我就先把家里的粮食拿出来烧米粥赈灾。"

"明天大家就有饭吃了——"饥民们奔走相告。

太守还是担心："如此多的百姓闹饥荒，也不是一天两顿稀饭就能解决的呀。"

"大人放心，这正是我们这些商人为国效力之时；我一定动员城中富豪，一起行动，帮助赈灾，我本人先捐献一百两银子……

他的话还没有说完，城门洞开，有了活下去的希望，大家一起拥进城去。

太守也答应开仓放粮，只有一些富翁找到他家去责问："汪掌柜的，你要赈灾，我们也同意，你说的微言大义，我们也理解，但是别狮子大开口啊！你一下就捐一百两银子，显摆你有钱是不是啊？"

汪通宝哈哈大笑："我不是有钱是心善，你们没有钱吗？只有我一半的钱多吗？你出五十两如何？还有你，总有我十之一二的钱多吧？你出十两纹银如何？别忘了，我们都是靠地方百姓发财的，他们都饿死了,你的生意做给谁呀?"

众人无话可说了。汪通宝等富商积极捐赠,太守开仓放粮,郡中心也设了几口大锅救济灾民。整个松江效法,商人们主动赈灾,所有的灾民都活了下来。

汪通保就是靠他的人脉与正义,人缘越好,生意越大,声望越高。明朝世宗嘉靖末年的时候,他有九十多岁之时。朝廷赐予汪处士一级爵士。

老在他乡，也不愿还乡

中国人骨子里都有思乡情结，不管在外面打拼多少年，最后都要叶落归根，回到自己的故乡。徽商更看重这一点，经营多年，积攒的钱财都送回故里，建造大宅子，买来良田，老了以后就回家颐养天年，含饴弄孙。

婺源县的吴纲却不一样，出门经商八年了，也没捎一封信，更没回一趟家。

妻子在家很不放心，一天，对已经长成人的儿子说："你父亲出去多年，一点音讯都没有。他也是快到 60 岁的人了，不知道在外面过得怎么样？是不是还活着都难说……"

儿子叫吴琨，见母亲说得老泪纵横，也十分想念父亲。他还记得，十岁的时候，那一年年成不好，家里断了粮食，他肚子饿得咕咕叫，问父亲要吃的。

吴纲沉重地叹一口气说："家里实在过不下去了，我还是出去做点生意混口饭吃吧！"

妻子擦拭眼泪，惊讶地抬起头说："家里都揭不开锅了，哪里有做生意的本钱？也没出去过，你知道做什么生意才好？"

吴纲说："我已经打听好了，牛蹄子这个生意做的人很少，它既能当药治病，也是一道好菜。药铺里和饭店里都需要的。做这种独门生意一定能赚钱，成本也不是很大……"

见他很有把握的样子，母子俩依依不舍地把他送到山口，见他的身影消失在远方才回家。可是年年盼他，年年见不到人，难道他在外面有什么意外了吗？

儿子自告奋勇地说："孩儿已经长大成人，让我出去寻找父亲吧！"

当母亲的也舍不得儿子出远门，可是丈夫活要见人死要见尸吧，只有让儿子出去寻父。

准备了一点干粮，吴琨背在身上，顺着父亲出山之道一路找去。遇见人就问，先是打听到父亲已经从江南走到山东去了，到了山东的有关地方寻找了个遍，也杳无音信，人海茫茫，父亲在哪里？

吴琨盘缠用完了，心想这样走下去不行，饿死了也找不到，干脆一边做买卖一边找父亲吧！他用剩下的钱置办了一副担子，前面装黄酒，后面装酱油，挑着担子一边叫卖一边到处打听。

这一天，在一个盐商家门口歇脚，听盐商口音是徽州歙县人，问他见到过一个婺源人没有。听他说模样，盐商说见过他父亲，早已经从山东到扬州卖鱼去了。吴琨赶紧谢过，挑起担子，一路叫卖又往扬州赶去。

扬州是个烟柳繁华的都市，吴琨到了那里，什么也不看，直奔鱼市，找了一处又一处，菜市场问遍了，依然没有下落。

这天来到一个水码头，那里有十几个卖鱼的摊子。鱼贩子为兜揽生意纷纷叫卖，嘈杂声里，夹杂着家乡口音。他走过去，放下担子，驻足良久，看了一阵：卖鱼的老人面目黧黑，两鬓苍白，依稀还有父亲八年前的模样。

他走过去试探地问："老人家，听你的口音不是扬州人啊。"

对方抬起头，也听出面前这小伙子的口音："我是婺源的人，你从哪里来的？我们好像是同乡耶。"

卖鱼老人这么一说，吴琨惊喜交加，蹲下来直视着他的眼睛，直愣愣地说："老人家，您是不是姓吴啊？"见他茫然地点点头，扑过去一把抓住他沾满鱼腥的手，迫不及待地喊，"父亲，您一定是我的父亲，我是您的儿子吴琨啊——"

"小琨？你真是小琨吗？你怎么到这里来了？"

卖鱼的正是吴纲，八年来，儿子变化太大，从一个孩子长成一个青年，他真的认不出来了，不相信地扳过他的脑袋，见他脑门心有一个旋儿，这才确认了，赶紧收拾东西，带他到一家饭店里歇息。

说起八年来的经历，吴纲唏嘘不已：说以前认为，卖牛蹄子是独家经营的生意，应该好做。谁知道，经营的人少，是因为买的人太少，生意难做。出门带的本钱也赔光了，没脸回家了。

后来听说扬州卖鱼生意好做一点，这才转到这里来！但是买鱼的人多，卖鱼的人也多。几年过去了，也就混了个温饱，愧对家庭，越想越没脸回去……说到后来，泪流满面，这才问他家里的情况。

儿子扯起面巾给他擦去泪水，告诉父亲：母亲思念他，经常流泪，好不容易度过灾荒，耕种几亩薄田，等他长大，给了盘缠，让他出来把父亲找回去……

"苍天有眼，让我一边叫卖一边寻父，终于把您找到了。我们赶紧回家吧。"吴琨抓住父亲的手不放，生怕他跑了似的。

吴纲摆脱儿子的手，羞愧地低下头："我走的时候，做生意的本钱还是借贷来的，而今我一文不名，哪里有脸回家？"

儿子说："父亲啊，你难道没听说过？有钱无钱，回家过年，你已经八年没在家里过年了，不能这么躲着一直不见母亲吧！赚不到钱也没关系，你看孩儿已经能够做生意了，我可以养活你和母亲，我们还是回家去吧！"

好说歹说，父亲终于答应和他同行，把鱼摊子盘出去，带着自己的换洗衣物和儿子朝家乡走去。

正是炎热酷暑之时，开始他们披星戴月，早晚赶路还凉爽一点，儿子担心母亲多年不见父亲，现在自己出去半年也不回家，等得更着急，眼看离家不是很远了，于是催促着父亲白天也赶路。

一天走到中午时分，太阳当头照着，两人大汗淋漓，见前面有一个茶棚，吴琨带父亲要去歇息一下。走到跟前，却见那茶棚不大，十分简陋，人已经坐得满满的了，他只有带着父亲在树荫下等了好一会儿，才有空位置进去喝两碗茶。

父亲喝了茶就再也不愿走了，说："不回去吧！徽商人出门在外，哪一个不是衣锦还乡？我这落魄的样子，回家去不被别人笑话死了？我不回去了！"

好不容易带着父亲回乡，他却在半路上歇下来，还是因为面子问题啊。吴琨再怎么劝父亲，吴纲的回答依然很坚决："不混出个人样子来，老死他乡，也不还乡。"

儿子就问父亲打算怎么办？父亲到底闯过码头多少年了，也开了一点窍，说："你看，这么热的天，赶路的人谁不要喝碗茶？如果在身后的十字路口开家茶棚，过路的每个人哪怕喝一碗茶，也可以卖一文钱，

茶　棚

摆上十张桌子，一天最少要卖一百多文钱。卖茶的本钱也不大，如果我们再卖些吃的东西，不更能赚钱吗？'

茶水也只是夏天好卖呀！到了冬天怎么办？吴琨非常着急，知道劝不动父亲，不能指望他现在回去，只好依从。拿出自己一路叫卖赚下的钱，和父亲一起，在十字路口摆了个茶摊。

安顿好了才说要回乡给母亲报信。紧赶慢赶，回到家乡，对母亲这么一说，她当然知道丈夫的犟脾气，又是委屈，又是抱怨，最后哭诉道："你父亲靠着茶能飞黄腾达吗？他什么时候能够回家呀？我什么时候能见到他呀？"

儿子出去半年，也长了不少见识，就对母亲说："我看那个地方人流比较多，好歹卖茶水也是个生意，比我们守着穷家好，干脆，就把房屋田地卖了，一起去跟父亲卖茶吧！"

母亲想想，也没有别的办法，只好把家里田地房屋卖了几个钱，然后赶去和丈夫团聚。

酷暑季节，又在交通要道，生意不错，吴纲正缺人手，见妻子儿子来了，又是羞愧又是高兴，一家三口就在十字路口卖茶，同时又卖面点，生意越来越好了。

不收玉佩，拜了师傅

一天，吴家茶棚快打烊的时候，进来了个客人，面容憔悴，衣衫褴褛，坐到桌子边一言不发。

吴琨并不因为他丧魂落魄的模样而怠慢，立即送上茶水和面点。那人起先还有几分犹豫，见来吃的喝的了，忍不住狼吞虎咽。三屉包子吃完了，五碗茶水喝光了，最后掏出一块玉佩放在桌上，对吴家父子说："十分抱歉，我腰无分文了，就拿这个抵账吧！"

吴琨诧异地问："客官，看你的衣服虽然破了，但是质地很好，这块玉佩，价值不菲，为什么没有钱呢？"

客人说："实不相瞒，我姓王，叫王权，是苏州府人，来此地做丝绸买卖。半路上遇到了强盗，把我带的银两货物全抢走了，现在，身上只剩下这块玉佩了，用它抵帐不行吗？"

"不用不用，谁在外面没一点儿闪失呢！"吴琨坚决不收，把这事对父亲说了。

吴纲也走出来说："客官，玉佩你收着，看你受了惊吓，精神不济，就在我们这里住上几天，等身体恢复了再走不迟。"

父子俩诚心诚意地挽留，王权也听从了，就在吴家一连住了三天。临走的头天夜晚才问吴纲："掌柜的，眼看夏天都要过去了，如果天凉下来,茶水生意不好做,你们以后怎么维持生计呢?"

吴琨实话实说:"客官说得在理,我们也为此担忧。"

父亲依然大大咧咧地说:"到了哪山坡,再唱哪山歌,到时候再说了。客官明天就要走,今天还为我们担心,真谢谢您。"

儿子的心思缜密些,对父亲说:"他身上就剩一块玉佩,哪里有路费呢?父亲再给他些钱才是。"

王权十分感动,这才告诉他们,自己在苏州是大户人家的公子,这次出来做生意虽然出了意外,但是损失不大,回去还可以东山再起。

最后对吴纲说:"你们吴家人厚道,你儿子为人诚恳干练,掌柜如果舍得,就让他跟我出去做生意如何?"

"这感情好,"吴纲还没有点头,吴琨连忙向王权道谢,"王公子温文尔雅,值得信赖,感谢你指点一条路,我愿跟你出去学做生意。"

吴纲还有些犹豫,说:"我们只是萍水相逢,儿子跟你去,要给你找多少麻烦啊。"

王权说:"患难之交见真情,你们更值得信赖,这么几天,在你家白吃白喝,作为回报,我也要教他学会丝绸生意。"

全家大喜,让儿子带着银子跟王权一起到了苏州。王权果然待他像兄弟一样,不但教吴琨做丝绸生意的本事,学成之后,还资助他独立经营。

吴琨勤学苦练,诚实守信,十多年来在丝绸生意上打拼,积累了财富,这才带着父亲母亲一起回乡,在婺源修建了吴家祠堂,光宗耀祖,成了一方豪富。

老仆经商

歙县东乡，徐家有弟兄三个，居住在一个大宅子里，一个个娶妻生子后，本来也和睦相处，不幸的是，老三突然病故，丢下妻子与五个未成年的孩子。

这一房日子难过了，雪上加霜的是，两个哥哥看见弟弟丢下了沉重的包袱给他们，坚决要分家。家里的田地财产本来掌握在老大老二手里，他们欺负老三孤儿寡母，私分了财产，还说老三家里人多孩子小，把一个五十来岁的老仆人分给他们。

当天晚上，寡妇在家里搂着几个孩子哭："官人呐，你怎么就走了呢？丢下我孤儿寡母怎么过日子啊？大哥二哥都嫌我拖累大，坚持要分家，他们也太不公平了。老大分得了一匹马，它可以用来跑运输赚钱；老二分到一头牛，它可以用来耕田种庄稼。你知道他们分给我的是什么吗？把一个老仆人分给我了……年过半百的人，不但不能给我出力，我们还要养活他，你让我这日子怎么过啊？"

老仆人叫吕寄，少年时候就进了徐家，以后娶妻生子，一直住在徐家，看惯了大东家、二东家的横行霸道，非常同情老三家的不幸遭遇。

见三少奶奶痛哭流涕，捧着一杯茶进去，让她节哀顺变。安慰她说："三少奶奶，不要难过，你除了几个孩子，还有我呢？没有过不去的山，我们一起想想办法，把孩子拉扯大就好了。"

三少奶奶知道，刚才哭诉的话被奴仆听进去了，一边抹眼泪一边说："阿寄呀，不是我嫌弃你！你这么大年纪了，也照顾不了我们什么，更不能依靠我们照顾你，我连你的佣金也开不出，跟着我们老的老小的小，一家人吃什么穿什么呢？"

吕寄说："主人不要为我担心，我却应该担心一家人的生计。尽管我年岁不轻了，但是吃得下饭走得动路，也会动头脑子，如果能给我一点本钱，我想出去做生意来养活全家人。"

徐夫人大吃一惊："你会做生意？"

吕寄恭敬地站着，非常谨慎地选择字眼："我虽然识字不多，但跟随主人多年，走南闯北见过他做买卖，也粗通文墨，学会了生意场上的利润赚取，只要有点本钱，多少能赚些银子，让大家不至于坐吃山空饿肚子吧。"

只有这一条路了，死马当成活马医吧！

三少奶奶搜集了家里的所有财产，还把自己过去的嫁妆拿出来典当了，凑齐了二十两银子，交给吕寄："阿寄，这是我的全部家当，现在都交付给你了。我这里六口人，还有你的妻子儿子。都等着你回来，不说赚多赚少，千万别把本赔了。你一贯忠厚老成，现在我们两家人都全靠你了啊！"

吕寄答应了，背着二十两银子出了山，一路走去，十分茫然。他原先跟的主子是三少爷，生病期间，做生意的上下家都已失去了联系，重操旧业是不行的了，下面能做点什么生意呢？走出大山，进入城市再说。

正是酷暑时分，临近中午，太阳更加火烈，吕寄想找个阴凉地方歇息一下，突然看见路边躺着一个人，脸色苍白地呻吟着，大约是中暑了。再躺在太阳底下晒着，一定会有性命危险的。想起主人过去的作为，他善心大发，把地上之人扶起来，用自己脊背挡住火烈的阳光，从葫芦里倒出凉水给他喝下去，又给他刮痧，眼见他慢慢苏醒，才问他为何倒在路边。

年轻人苏醒过来，感谢他的救命之恩，就说他姓王，父母都是在城里做油漆生意的，可是父母过世以后，自己被不容他的大哥大嫂赶了出来，四处流浪，又饥又渴，这才倒在大路上的。

吕寄问他打算到哪里去？他说无路可走，想做油漆生意，可惜没有做生意的本钱。吕寄心里想，我们两个可以互补啊！于是对他说，自己带了一点本钱，还没考虑到怎么做生意。既然你有路子，我有资金，两人一起做油漆生意吧！

王公子正走投无路，现在有了带资金的合作伙伴，非常愿意。于是到城里租赁了店铺，找到货源，又有一些老的关系户，两人从零售到批发，慢慢把生意做起来了。

吕寄除了支付王公子的薪金，年终盘点，居然获取了三倍多的利润。

徐家三少奶奶带着五个孩子勉强度日，眼看又到年终，仆人一点信息都没有，正在绝望的时候，阿寄风尘仆仆地回家来了。见他满目沧桑，衣着朴实，心底一沉；坏了，大概二十两银子已经花光了，不是因为老婆儿子在我这里，都不会回来吧。

没想到，吕寄放下沉重的包裹，打开来，竟是一包白花花的银子。然后才把一路上如何救了王公子，如何利用他家的资源做油漆买卖，将所有的经过说出。而今，一年的打拼终于成功，把本金和利息都带回来了，请主人查点。

三少奶奶没想到他出去能稳赚不赔，大喜过望，这真是个值得信赖的人啊，就问他以后打算怎么办。

吕寄说："既然生意已经打开路子，这点利润不够全家支撑几年的，我想过了年以后，再出去继续做买卖，先把二十两银子的本金留在家里，给一家老小开支，您看如何？"

徐夫人无话可说，只有连连点头。吕寄这才回到自己家见老婆儿子，年后，又带着头一年的利润上路了。

有了头一年做生意的基础，以后的十几年间，吕寄把油漆生意做得红红火火，每年都带不少银子回家。徐家不仅摆脱了贫困，日子过得比过去还要富裕。

吕寄给徐家重新盖建了房屋，在外面请来了名师，给徐家两个儿子教课，还捐出一些钱到国子监里，让学成的两个公子能到那里读书。后来，又为两个公子娶亲成家，让徐家的三个女儿风风光光地出嫁了。

街坊邻里都羡慕徐家过上好日子，徐家的老大老二眼红得要吐血。原以为不中用的老奴，居然是做生意能手，于是背地里散布谣言，说这个吕寄自己不晓得赚到多少钱呢。

吕寄在外面经营了二十年的生意，七十岁的时候，才把油漆生意交给了王公子，带着财产回到了徐家。没过几年安稳日子又一病不起，徐家给他请了很多名医都没治好。

吕寄临终的时候对徐夫人说："不要再给我花冤枉钱了！我十几岁的时候东家收留了我，为我娶妻成家，我从来没忘过你们的恩情，总算没有辜负您的希望，赚了一些钱回来，让徐家门庭光大，后继有人，我也可以安安心心地去向主人禀报了……"

徐夫人让他不要再劳心费神，说一定要把他的病治好。

吕寄说："人生七十古来稀，没有把一条老命丢在外面，叶落归根，已经是寿终正寝了。如果说，还有什么需要交代的话，我二十年来经营的账务都记下来了，在我枕头边这一摞子账本里，请主人仔细查阅，我们的资产现在全部交给东家，以后你们就自己经营发展吧！"

老人说完闭上了眼睛，徐家为他举办了隆重的葬礼，本想把他埋进祖坟地里，但是遭到老大老二的坚决反对，还说这个仆人值得怀疑，拿了你们家的钱去做买卖，他自己也不知道赚了多少钱？他又不是我们徐家的人,为什么要把他埋在我们家墓地里?

徐夫人只好把吕寄埋在祖坟旁边,回家想起两个伯伯说的话,心里有些疑惑,这才走到后院吕寄家里去。看见他家依然是那一间陈旧的柴房,他的妻子和儿子还是穿得破破烂烂的,还有几分不信。把他家人支开,再把屋子里所有东西翻了个遍,连衣服棉被都抖开了,也没有发现一点儿财产,甚至连一点值钱的东西都没有。不禁潸然泪下,对儿女们说:"世上真有这样的好人,为他人赚到百万银两,自己没留下分文,你们以后,都要做这样仁义之人啊。"

徐夫人十分惭愧,于是把吕寄的妻子和儿子接到自己前面院子来,为他们腾出两间屋子,重新买了用品,给他们银两生活,给他的儿子娶了媳妇,然后派出去,和王公子一起做油漆生意,吕寄后人的生活也从此无忧无虑了。

日本人为他跳算盘舞

三百六十行，行行出状元，各个行业都有自己的祖师爷。

据说，计算行业的祖师爷是孔子。因为帮鲁国国君算账焦头烂额，妻子告诉他，用绳子拴上珠子，一根绳子记一到十个，一根绳子记十个到一百个，人们根据这个原理发明了算盘，就让他当的祖师爷。

这太不合理了，远古时候人们就串绳子计数。就是串上珠子，那也是孔夫人发明，不能因为孔子有名就掠人之美。

其实，真正珠算之父，应该是徽州商人程大位，他发明的算盘，不仅被西方人称之为世界上最早的计算机，更被日本人崇拜得五体投地。

明万历年间，日本最有名的算数能手毛利重能，奉他们朝廷之命，到中国来学习数学。因官卑职微受冷遇，又返回日本进表陈情，日本封他为高官，才再次涉洋西渡。他学习到中国历代的算清算法，自以为天下无敌了。中国师傅却告诉他，一个叫程大位的徽商计算

程大位

能力更强。

他有几分不服气，心想，我已经融汇了东洋与中国的算学大成，那程大位不过是一个农民起家，走村串户当过货郎，他能有什么文化？我倒要见识见识。

一路寻访，好不容易找到休宁县屯溪率东。看见附近的徽派建筑雕梁画栋、恢宏壮观，很是惊奇。但程家房屋陈旧，三开两进砖木结构，虽门楼里外挑檐有曲梁斗拱，但不如别家诸多雕刻，简朴得像他本人一般，面目清癯而衣着随意。

程大位却没怠慢他，上座看茶，问有何事。毛利说是来请教（其实来挑战的），当即拿出四道难题，说请程先生解答。

程大位推到一边，拈须一笑："有朋自远方来，不亦乐乎。按照我们徽商待客规矩，我应该为你摆酒接风。"

毛利重能正走累了，听说有酒喝，马上就乐颠颠地跟他去酒店。

谁知，半路上遇到了麻烦，一群牛羊马把道路堵住了。牲畜被牧人赶着要回家，大约没有吃饱，看见一块田里稻谷成熟，却还没有收割，一起拥下田去大吃一顿，被种田人抓住，要放牧者赔偿自己六石粮食。

牧人不干，说他这块田尚不知能收多少稻谷，就是牛羊马一起吃完，也没六石吧！一个要赔，一个不愿意赔，拦在路中间争吵。这日本算学家来劲儿，就请程先生算一算该赔多少。

程大位一眼扫去，知道有八匹马、九头牛、十四只羊，马上吟出一首诗：

八马九牛十四羊，赶在村南牧放场。

吃了人家一段谷，议决赔他六石粮。

牛一只，比二羊，四牛二马可赔偿。

············

在他吟诗过程中，毛利也算出来了，答案与他一样，可人家还是用诗表达的啊，马上高看他一眼。

程大位还在给那两人解释道："八匹马吃的稻子应赔偿稻谷三石。九头牛吃的应赔稻谷一石六斗十八升七合五勺。十四只羊共赔偿一石三斗一升二合五勺，六石也不为多。"

牧人觉得不亏了，答应赔钱，道路这才让开。

他们走进酒店，里面也在吵架，却是店家与客人争论。店主说为这批客官上了二十瓶酒，有一半是上等的，一半是普通的，现在只剩下一瓶普通酒了。应该算十瓶好酒，九瓶普通酒的钱。

但是，客人仗着人多，纷纷说店家酒瓶上没标记，谁知道好酒多还是孬酒多？一个个都想赖账。

程大位暗暗一数，居然有三十三人，他们赖着不走，我们可没座位了。于是上前一拱手："众位不必争论，我能帮你们算清账目。"

店家高兴了："对对对，程先生是有名的算学大师，他可是诸葛亮转世，能掐会算的。"

程大位跟着去问他们，是否记得各自喝下多少酒？为显示他们没醉，一个个自报喝酒的数量，有一人喝三瓶的，有三人喝一瓶的。等他们报完，程大位马上吟出一首诗：

> 肆中听得语吟吟，薄酒名醨厚酒醇。
>
> 好酒一瓶醉三客，薄酒三瓶醉一人。
>
> 共同饮了一十九，三十三客醉醺醺。
>
> 试问高明能算上，几多醨酒几多醇？

毛利也明白了，给他们点明："你们正好是三十人喝十瓶好酒，三人饮九瓶差酒，这不是一十九瓶吗？"

还有人胡搅蛮缠，说他们是熟人，包庇。毛利说他是日本数学家，今天第一次来此地，还是来拜程先生为师的。众人大惊，只有付钱走人了。

店家感激不尽，说感谢二位给他算清账目，今天这客就由他请了。

两人欣然入座，程大位才问毛利，有什么问题需要他解决的。毛利有些佩服他了，但既然来了也不客气，又一次拿出几道他带来的难题。程大位到柜台上去拿了一个木框

屯溪程大位珠算博物馆

架子，里面串着一根根的木棍儿，棍子上又有一些木珠子，顺手拨弄几下，就出来了答案。

毛利大惊，问这是什么神学利器？计算的速度居然是他的四五倍。程大位哈哈一笑说："这就是我发明的中国算盘。"

他问，为什么用这拨几下就可以得出正确答案？程大位这才向他介绍，自己不仅发明了中国算盘，还写出两本书。

"这拨弄珠子有规律吗？"

"当然，我为此还创作了相应的算数口诀。"毛利重能按程大位说的口诀拨弄算盘珠子，果然算得快、算得准。

毛利重能现在对程大位崇拜得五体投地了，问他怎么有这样本事的？程大位毫不隐讳地说，年轻的时候就是走街串巷的货郎，特别喜欢算学，心算能力强，遇到十分难的题目才用手算。

　　年长一点，四处经商，发现各地商人各打各的算盘，三五珠、三四珠、四四珠各不相同，虚心向他们请教。四十岁回归故乡，决心要取各家之长，统一中国的算盘。

　　经过二十年的研究，写成了十七卷《算法统宗》，确定了算盘用法，规范了珠算口诀，研究古代流传下来的五百九十五道数学难题，也写出了解决的方法。后来删繁就简，成为四卷《算法纂要》，刊印成了算学的读本。

　　毛利重能当即对他磕头，希望求得他的两本书一个算盘。程大位见他心诚，欣然答应赠送给他。他爬起来就要去拿那算盘看，程大位让他赶紧洗手，说中国人对算盘十分敬重，立下许多规矩：不能用脏手摸，不能在上面写字，算珠子不能在地上滚动……

　　他感激不尽，如获至宝，赶紧把这些宝贝带回日本。第二年的八月八日，就把两本书翻译成日文出版了。

　　但是，珠算却没被日本朝廷采用，毛利重能自己在京都京极街上，挂出"天下第一除法指南"的大招牌，自己教授珠算，跟着又著书《割算法》，让珠算在日本民间流行起来。

　　日本发现中国算盘有大用，后来官方兴修水利、田地丈量、年贡税收等计算，都广泛地使用了珠算。再以后，日本人都把程大位当做算神，每年八月八日，把他的塑像抬上街拜祭，跳算盘舞来纪念他。

见了墨斗造卷尺

程大位过去只是个货郎，后来不仅在徽州，在世界上都有名声了，成为响当当的数学家。既然这么有学问，国家有难办的事儿也要找他。

明朝中叶，王公贵族大量占夺土地，朝廷的大学士徐阶占有最多，一家就有二十四万亩土地，江南有的大地主也能占田七万顷。他们拒不缴税，还想方设法盘剥农民。

租种官田的农民苦不堪言："一亩官田七斗收，先将六斗送皇州。止留一斗完婚嫁，愁得人来好白头。"

更有甚者，"为田追租未足怪，尽将官田作民卖。富家得田民纳租，年年旧租结新债。"于是，社会矛盾越来越严重，各地纷纷起义。

明神宗万历六年（1578），内阁首辅张居正奉旨改革，要在全国进行"土地丈量"，推行"一条鞭法"。那就是"总括一县之赋役，量地计丁，一概征银，官为分解，雇役应付。"

首先需要把各州县的田地丈量准确，按亩折算缴纳，再合并征收银两。说起来容易做起来难啊。那个时候丈量土地，全部靠绳尺牵量。如果田地比较宽阔，或者周边不太整齐，丈量劳动强度大，也很不准确。徽州的土地基本在山上，测量难度更大，复杂的计算必须要请出算学大师程大位。

一开始，程大位只是参与计算，坐在房里，风吹不着日晒不着，计算虽然复杂，但相比那些丈量土地的人要轻松多了。

一天累下来，参与者一个个长吁短叹，都来求助："程先生，算盘你都能造出来，不能给我们想个测量地的好办法吗？"

他难道不了解徽州的土地吗？崇山峻岭、悬崖峭壁不说了，即使有点土地，也夹杂在山石之中，测量的人弯腰撅屁股忙上半天，绳子拉不直，还是量不准。

"好，我想想办法。"程大位答应了。为了解决这问题，吃不下饭睡不着觉，冥思苦想，要创造一种新的丈量工具。

工具得用木头制，他去木匠那里想办法。

木匠正在解料，师傅一边与徒弟拉锯子，一边哼着一首歌谣：

诸葛统领八员将，每将又分八个营。

每营里面排八阵，每阵先锋有八人。

每人旗头俱八个，每个旗头八队成。

每队更该八个甲，每个甲头八个兵。

请问诸葛孔明统领多少将兵啊？

徒弟跟着学了一遍，马上问师傅："到底是多少将兵啊？"

师傅摇摇头："我也不知道。"

程大位走过来，一口报出数字："我知道，诸葛孔明军师统领将兵一千六百七十七万七千二百一十六人。"

木匠师徒诧异地看着眼前这个陌生人："先生，您怎么知道的？"

程大位笑笑："这是一道自乘得数的

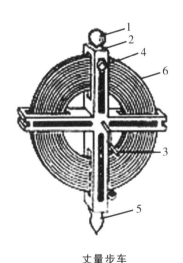

丈量步车

1.环；2.十字架；3.转轴；

4.锁；5.钻角；6.竹尺

算术题目,也是我解答出的难题之一啊。"

师傅放下锯子,站起来,恭敬地弯腰致礼:"原来,您就是程先生?我们都说您是神算子啊,今天可见着您了。"

程大位让他免礼,说自己是来请教的,于是说出了测量中的问题,问用什么办法能够准确地量地?

木匠答不上来,说:"我们测量最多的都是木头,最多就一棵大树吧!再大也大不到哪去,不如一块地的一个边角,怎么量得出来呢?"

见神算子陷入了沉思,木匠就自顾干活了。为了把树锯开,搅动墨斗,放出沾有墨汁的黑线,在木料上轻轻一弹,就画出一条直线,放出的墨线有多长,画到木料上线条就有多长。

程大位看见他用墨斗划线,灵机一动,豁然开朗,他一拍脑想到了办法。一连几天晚上彻夜未眠,在纸上画来画去,几天以后,设计出了"丈量步车"。用木料制成外套和十字架,用铁制造成转心、钻脚和环,然后从外套的匾眼中收放篾尺。只要钻脚插入田地测量点,丈量、读数、携带都十分方便,不用的时候,收起来,提着外面的环就可以带走了。

他兴冲冲去找木匠,根据图做出来实物,再反复修改几次,果然成功了。他们那个测量点完成任务比别人快很多,大大提高了丈量的速度和准确度,量地的人员也感到很轻松。

程大位故居

消息传出去,州府的官员让他带着工具现场展示,看后大加赞赏,让各地都来学习,但是路远的来不了怎么办? 程大位说他可以画出图来。

于是,他画出了完整的零件图、总装图、设计说明和改型说明,在全套书面资料上,还标识出它由竹制的篾尺、铁制的部件组成等。根据这套资料,任何地方的木工都能很方便地仿制出来。

后来,他把这些图纸都收入到他编著的《算法统宗》第三卷中。1578 年左右发明的丈量步车,就这样成为世界上第一个卷尺,程大位因此被誉为"卷尺之父"。

程大位著《增删算法统宗》书影

只因读书多，方知石是宝

徽州府绩溪县华阳正东有个云川村，村里有一位高人，名字叫许金，字廷，人称涧洲先生。他从小饱读诗书，见多识广。曾经有一个僧人说他相骨不凡，以后不是大富便是大贵，能够光宗耀祖。

大概，人生的预测让他从小有高远的志向，"腹有诗书气自华"。长大后出脱得气宇轩昂，为人又宽宏大度，从来不斤斤计较。

他家的田地与另一家人靠边，那家人要占便宜，种庄稼的时候，把他家的地种上自家的庄稼。家人都很气愤，要去理论，他却不以为然，说，让他去吧！后来干脆就把那一溜子地给人家了。

许金为人宽厚，得到当地人的尊重与推举。乡里有什么奇闻怪事，大家都争先恐后地来告诉他。

就在他让地不久，村里人就来向他报告一件稀奇事，说有亲戚带话：云川村二十里外有一座荒山，山上有发黑的石头。有人在山上放羊时肚子饿了，把泥土刨开，挖个底坑，用黑石头砌个土灶，烧起柴禾烤山芋吃。柴禾烧完了，石头烧得通红，把山芋都烤糊了，不知发生了什么怪事？

大家害怕，担心将来石头燃烧起来，把山上的草木都烧了，连带把房屋也烧了。村里人都说："许老爷命大福大造化大，能够镇得住妖孽，干脆，您把那荒山买下来算了。"

许金亲自去勘探，果然见山上有发黑的石头。刨去外面的泥土，地下的黑色石头更多。山里闭塞，无人能知。他可是读过很多书的人，知道这种石头是一种燃料。《山海经》中称为石涅，魏晋时称石墨或石炭。明代李时珍的《本草纲目》中，首次使用煤这一名称。两千多年前的西汉，已经有人懂得用煤炭作为燃料了。

回家查书，果然，《山海经》里有三处石涅的记载：一处见于该书的《西山经》，"女床之山，其阳多赤铜，其阴多石涅"；另二处见于《中山经》："岷山之首，曰女儿之山，其上多石涅"，"又东一百五十里，曰风雨之山，其上多白金，其下多石涅"。

再翻书，知道隋、唐至元代，冶金、陶瓷等行业都用此作燃料，煤炭还成了市场上的主要商品，这是宝贝啊。

许金大喜，出钱买了下来，取名为万宝山，雇人挖出运到外地，卖给炼铜的炼焦的烧瓷器的，获得了丰厚的利润，他也成了矿山老板。

他想，自己能发财致富，靠的是徽州山水，应该用这些钱为老百姓干事，于是乐善好施，救济贫困，同时兴修水利，造福乡民。

他居住的村东有一百多顷田，经常缺水灌溉，干旱之年颗粒无收。他拿出了一万多两银子，到山里采伐巨大的石头运来这里，修成了五里长的水渠，从远处引来了灌溉的水，造成旱涝保收的良田，附近的家家户户都受益不浅。

许金有长远的目标，资助他人，也为别人长远利益打算。一次他在江苏经商，看到一个地区干旱严重，沿途都有饿死之人。想到洞庭山下太湖水边有许多滩途，他就向当地官府申请，要求买来造田。那一片湿地本来也没用处，闲着也是闲着，官府就允许了。

许金雇人开垦了十多顷田地，成了旱涝保收的良田。人家都以为他要发财了，但是，他拱手相让，又向官府申明，说他开垦的是义田，就是让没有土地的农民百姓耕种的，他不收取一文租金。继而广招农民，耕种供自己食用，从此苏州无锡一带就有许多义田，造就了富裕的一方百姓。

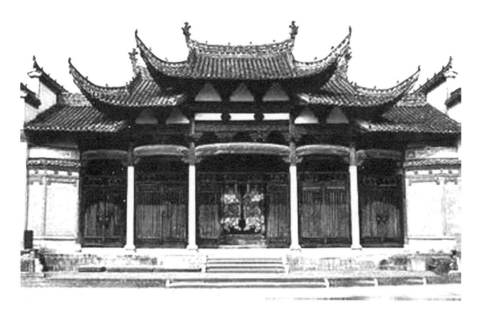

绩溪龙川胡氏宗祠

给掘地三尺的人送银子

靠着开发会燃烧的黑石头,许金以煤发家以后,除了济贫救困,慈善施舍,修桥铺路,还把钱用在了办学方面,培养本地的贤才,他更舍得出资。

他以自己的字创建了洞洲书楼,除了家族子弟、还有亲朋好友的孩子,外姓贫困子弟他也接受,不仅延请著名的老师,还管学生的食宿。因此弟子们都刻苦学习,涌现了一批优秀的人才。其中出类拔萃的有他的干儿子胡屏山,以后官至少保。还有一个就是殷铼。

见殷铼成绩出类拔萃,机智敏捷,学业期满,许金请他当自家子弟的教师。学生很听话,老师教得也不错,只是殷铼有心思,一天晚上爆发出来了。

那天半夜里,许家发生了一桩怪事,漆黑的庭院中,隐隐约约发出阵阵挖掘的声音。值夜的家人去报告许金,说教书先生的房间深夜还有灯光,他不知在房间里挖什么东西。许金心里透亮,但是没有说破,只是对家人说,可能殷先生想埋藏点什么东西吧?他装着什么也没发生,翌日天明,才让人打听他的动静。

家人禀报,殷先生天刚亮就自己开门走了。许金到他房间去看,房门洞开,地板翘起,到处是泥土,屋子中间一个大坑。家人十分诧

异,说我们待他还
不错,为何要在我
们家掘地三尺呢?
许金摇头笑笑,说
去 看 看,骑 着 快
马,追赶过去。

古代采矿图

殷 镓 其 实 没
干出什么坏事,只
是心存歹念,想许
家那么有钱,怎么家中生活并不奢华,他们把钱放哪去了?难道都埋
藏起来了吗?闲来无事走走逛逛,到处踩踩地下,试探有没有埋藏财
产的地窖。发出空洞声音的地方,似乎在自己住的房间里。

这天晚上更深夜静之时,连看院子的狗都睡着了,他偷偷爬起,撬
开地板,悄悄挖掘起来。结果,挖了几尺深,什么也没找到,却发现鸡
叫了。想把房间里还原已经不可能,思来想去,三十六计,走为上策,
他把自己的行李一收拾,背着包就跑了。

还没跑出多远,听到后面有马蹄声与呼叫声,转身一看,是东家追
上来了,他又是惭愧又是恐惧,双腿发软,再也走不动了,只是一个劲
地作揖打躬:"许老爷,我没拿你们家任何东西,不信你看,只拿了我的
书本和衣物……"

许金跳下马来,对他说:"殷先生,我没说你拿了我家东西啊,我不
是来捉你的,我是来给你送行的。"

送行? 殷镓有些迷惑,跟着摇头说:"小的年少无知,哪里值得您
来送行? 夜里,我把你家……"

许金打断了他的话:"我知道,昨天夜里你鼓捣了一晚上,天亮了,
你不辞而别,这是正常的……"

原来他什么都知道，殷镁跪倒在地，涕泪交加："晚生有错，不该心存杂念，企图……"

许金把他拉起来："不是你的错是我的错，燕雀安知鸿鹄志哉！你是一个有高远志向的人，我不该为一己之私利，把你留在穷乡僻壤，教几个少不更事的孩子。"

"不是，是我自己品行不端，对不起您的一番好意。"

"不是殷先生品性有差。饱暖思淫欲，饥寒起盗心，人之欲也，有欲望才有追求，你是因为家贫，无钱去继续深造，才出此下策的。早知如此，你应该跟我说一声！不过现在还来得及，总算追上你了，这一百两银子你带在身上，可以到徽州府紫阳书院继续进修，将来一定大有作为。"

说完，许金从马背上取下一包银子递过来。

殷镁连连摆手："不可不可，我隐忍不告是一错；私下寻宝是第二错；不辞而别是三错，一错再错，怎么还能接受您的馈赠呢？"

许金见他坚持不收，就把银子放在他跟前说："如果殷先生果然有远大抱负，就不要拘泥于今天的区区小事，只要继续上进，不辜负此地对你的启蒙教育，将来干一番事业，让这银子花得有价值，我就拿你作我们弟子的榜样。后会有期——"

许金说完翻身上马，奔驰而去。

真是大人有大量啊！他不仅没有怪罪自己，而且还追过来赠送我银子，如此宽厚善待，我怎么能辜负他？

殷镁朝着他远去的背影涕泪交加，遥遥跪拜了一番，捧起银子，走出深山。他得到了这笔资助，果然到徽州府紫阳书院读书，学了几年之后，科举高中，后来官至内翰，担任了宫廷里的要职。

早知今日,何必犯法

判了死刑的犯人关在一个地窖里,阴暗潮湿,只有一盏昏黄的灯挂在走廊上,霉气烘烘的味道,再加上血腥气逼人,程参有一种要窒息的感觉,恨不得丢下食盒逃了出去。

可是,明日就要行刑,好不容易买通官府,得到探监的机会,送朋友一餐断头饭,也算是尽到同仁之谊。多年来与他有竞争也有合作的人,在生命的最后一个夜晚,有一个朋友来看他,算是走得不寂寞了。

四周都是沉重的叹息,痛苦的呻吟,还有绝望的叫喊。牢房里黑洞洞的,他看不清到底谁是他要找的人。

突然有人喊他:"程掌柜吗?"

跟着就有人喊起来:"程参——"

"程老板——"

四下呼叫他,都是往日生意场上的熟人,而今却面目全非。程参大吃一惊,居然有这么多人,因为违反盐法被关起来了吗?可见私欲有多大了,使人冒着死亡的威胁铤而走险,不值得啊。他胡乱答应着,问他们是不是还好?

里面有人大骂了:"好个屁,明天我们就没脑袋吃饭了!你给我们带什么好东西来了?"

徽商故事（明代）

他后悔自己带的东西少了，叹息着，一个栏杆里塞进一块肉，另一个牢房里塞进一条鸡腿，再给一个人肉圆子，最后见带的东西不多了，只给一个饭团……看着他们血肉模糊的身体，狼吞虎咽的样子，他心里好不酸楚。

走到另一间牢房了，他递进去一个鸭翅膀，对方没有接，反而一把抓住他的手腕，跟着就是嚎啕大哭，大声叫道："程兄啊！我后悔没听你的话呀！"

对了，这才是他要找的人，当初劝他一起走私盐的人。

都在一处经商，都是多年的同行，一起经销盐业，既有过竞争，也互相帮衬过。两人分道扬镳，源于那一次两人酒后吐真言。程参到官府"认窝"——就是交纳巨额银两，取得官府授予在一个地区的食盐销售权，心疼那些白花花的银子，事后向同行诉苦。

明代盐场

都是盐商，谁能不知其中的潜规则？明代的盐法被称为"纲商引岸"，盐商运销食盐需要盐引，那可不是随便领取到的。商人必须以引窝为据，证明自己拥有运销食盐特权。

都说盐商获得的是暴利，在一切行业之首，但是官府并不是白白给好处的。

商人冒着九死一生的危险，把粮食运到边关，要先向盐运司交纳盐课，领取盐引，然后到指定的产盐区向灶户买盐，再贩往指定的行盐区销售，往往一年半载也没资金回笼。这不仅要有雄厚的资本，花费也太重了，明里交税，暗中打点，不用说途中的盘剥，遇到土匪强盗更是全军覆没……这么大的成本，在销售中就不能便宜卖出，百姓苦啊，连盐也吃不起。

这位老弟见四周没人，俯下身子对他说："你要给老百姓盐便宜点？容易啊，我有渠道搞到盐，卖给老百姓可以一半价格，但获得利润可以翻番……"

程参吓了一跳："你说的私盐吧！尽管利润很高，但是，千万别发这种违法之财，以身试法，那可是有性命之虞的，违法之事不能干，还是老老实实经商吧。"

以为那位盐商说的是酒话，程参没把这事放在心上。谁知过了一阵子，那商人又来找他了，还告诉他，胆有多大，利就有多高，谁能跟钱有仇？

程参明确地告诉他："我非贤达，但父亲带我出来经商多年，长期观察他老人家处人处事的做法，那就是稳妥为上，一切都依法办事。虽然挣钱不多，但是，我们就图一个为人的正直和商界的信誉，不能大富大贵，只求一生平安。父亲的言传身教，给我巨大的影响，我要按照他老人家的教导去做，违法行为，不是我们诗书礼义之家应该做的事情，还会惹来大祸啊。"

程参再三劝告他毋犯国法，以为会让他悬崖勒马，谁知那人只笑程参迂腐，最后还是违法乱纪了。官府发觉一批盐商走私贩盐，明察暗访之后，抓了几十个关进监狱，明日起就要开刀问斩。

而今，自己衣衫褴褛，浑身血迹斑斑，与以前的精明干练判若两人，那商人才想起朋友的话是正确的，哭得上气不接下气："我毁了自己，我也毁了全家，可是已经回头无路了啊……"

程参对他说："早知今日，何必犯法？现在，我能为你做的事，就是

替你送一点告别人世的酒菜,你吃过以后,希望你能给你儿孙留一份遗书,告诉他们,以后一定要遵纪守法,正派为人,才能保一生平安……"

那人连连点头:"你的临别赠言让我灵魂安稳,我知道了,有一个良好的家风是多么重要,我没能言传身教后人,只能以身试法作为反面教材,让我的儿孙不再重蹈我的邪路……"

他停止了哭泣,狼吞虎咽把酒菜吃了,又用程参带去的笔墨,写下了最后的遗书。

掌柜好读书还是好读书

十里长街,熙熙攘攘,行人中,两个书生不买不卖,一边走一边议论,最后争执不下,居然站在一家店铺前驻足说道起来。

两人说的是唐伯虎没有考中状元的事情。

明代科举发达,分乡试、会试、殿试,头场都考八股文。能否考中,主要取决于八股文的优劣。而八股文都是以四书五经中的文句做题目,只能依照题义阐述其中的义理。

措词要用古人语气,就是所谓的代圣贤立言。格式也很死板,结构有一定程式,字数有一定限制,句法要求对偶,必须用八个排偶组成文章,一般分为六段,首句要破题,两句再承题,然后阐述为什么,谓之起源。主要部分是起股、中股、后股、束股四个段落,每个段落各有两段。篇末用大结,称复收大结……

总而言之,太复杂,太伤脑筋,太不容易考好,所以历代能一级级通过,最后考中状元的,简直是凤毛麟角。唐伯虎应该是其中的一个,因为他是才子,在乡试考第一的,所以被人称之为唐解元。

他也不负众望,遇见主考官程敏政在会试"策问"中出了刁钻古怪的题目,第三道题十分冷僻,当时的博学鸿儒也很难回答出来。但是,主考官查看各人考试情况,发现其中有两张试卷答题贴切,文辞优雅。

程敏政高兴地脱口而出："这两张卷子一定是唐寅和徐经的。"

这句话坏了事，还没开封，主考官怎么就知道答题者名字呢？这句话被在场人听见并传了出去。外面疯传，说一定是两人作弊的。考生徐经家里是富豪，一定买通了主考官，拿到了题目，有了准备。

于是纷纷盛传"江阴富人徐经贿金预得试题"。唐寅是他的朋友，跟着倒霉了。结果，造成了"会试泄题案"的冤案，事连徐经、唐寅。查来查去，鬻题之说纯属乌有，但为平息舆论，两人均遭削除仕籍，只能发充县衙小吏使用。程敏政被罢官归家后愤郁发疽而亡；告发他们的华昶，因奏事不实遭降职处分；唐寅也觉得耻辱不再当官，从此消极颓废……

如此重大的科举事件，两个书生争论得面红耳赤，正不可开交之时，听到店铺里传来了朗朗声音："学者于前贤之所造诣，非问之审、辨之明，则无所据以得师而归宿之地矣。试举其大者言之：有讲道于西，与程子相望而兴者，或谓其似伯夷；有载道而南，得程子相传之的者，或谓其似展季；有致力于存心养性，专师孟子，或疑其出于禅；有从事于《小学》《大学》，私淑朱子者，或疑其出于老……"

什么什么？开始两人还不在意，后来听出来了，是店铺的老板在读唐寅他们那次会考的试题。也不是，不是读，因为那掌柜将手中的书本反扣在柜台上，居然是本《性理大全》，口中念念有词的，是他背诵出来的内容。两个书生情不自禁地走进去，朝柜台里拱手："请问先生尊姓大名？"

里面人衣冠楚楚，走出来还礼："鄙人汪应浩，二位是赶考的学子吗？请进来一叙。"

"呵呵，汪先生啊。"一个好奇地问，"你居然也知道唐伯虎那次的会试题目，难得呀。"

两人大大咧咧地跨步进门，正要说什么，埋头打算盘的账房先生直起身子，呵斥了一声："不得无礼，这是我们休宁徽商汪掌柜，我们这是经销盐业的商行，也不是学堂……"

"无妨无妨，我正想与书生们聊聊。"汪应浩示意账房住口，让两人坐下，这才对他们说，"事情已经过去了，我们再议论那些毫无意义，应该探究些学问才是。"

士农工商，商人排在末尾，即使他是大掌柜的，两个读书人也有几分轻视。难倒天下才子的题目他还能了解多少？除了懂得卖盐他还有什么学问？

一个书生首先发难，问："掌柜的，考题中说'夫此四公，皆所谓豪杰之士，旷世而见者。'指的是谁？"

另一个连连点头："对对对，我们正要请教。"

汪应浩毫不犹豫地回答："题中被称为'旷世而见'的四位'豪杰之士'，乃指张载、杨时、陆九渊和许衡。"

呀，我们查了许多书才知道的问题，这个生意人居然也知道，真有学问啊？我们不知道的他也能知道吗？于是真心求教："掌柜的，其中涉及许衡的话，即所谓'有从事于《小学》《大学》，私淑朱子者，或疑其出于老'的典故出自于哪里呢？"

"典出元儒刘因《退斋记》。"汪应浩见他们将信将疑，吩咐一个伙计到后堂取出书来，顺手翻看，果然就在其中。

两人大吃一惊，赶紧下座朝他鞠躬致礼："哎呀，晚生有眼不识泰山，冒犯了。"

账房抬起头来，对他们说："你们问的，还都是天下都传遍的考试大案，就是其余考试，掌柜也能知道论题始末出自哪里的。"

"真的吗？"

两人不相信，争相提问，从他们的小试开始，只要问到论题，汪应浩不仅能回答出自于哪一本书，还能说出句子在哪一页哪一行。

屡试不爽，两人大惊："掌柜的，神了，百无一谬啊。"

账房为之洋洋得意："当然神了，你们不知道，我们老板自幼博览群书，日诵千言，即使现在弃儒从商，也雅善诗文，宿士才人，都来求教……"

一个书生连连点头："老板原来学有根柢，如果参加科举考试，还能不高中状元么？"

汪应浩摇摇头："可惜呀，家有厚望，命运不济，终究其要，只为解闷而已。不说了，不说了，送客——"

两个读书人心生惭愧，走出大门，又折回身来，对汪应浩鞠躬求助："汪掌柜，您如此博学多才，令人仰慕，能否赐字一幅，以作我们求学的座右铭？"

"不敢不敢，"汪应浩谦虚地说，"本人才疏学浅，适才不过是班门弄斧，哪能为你们题字留念？"

两人再三要求，不肯离去，账房又在一旁将纸笔备好，他只好提起笔来，写下了这样几个字："好读书不如好读书。"

两人拿起纸张一看，那字龙飞凤舞，有大家气度，可是两个"好"字，读音不同，如何辨识？账房笑道："要读准音好办，想想，掌柜是好读书还是好读书呢？"

书生们大笑而去。

像兄弟一样相依为命

　　明代的常熟县城东，一套房子里住着两家人，对别人称他们是兄弟，但是，他们既不是一个地方的人，也不同一个姓，怎么成了兄弟的呢？

　　说来话长。天启丁卯年，刘振时从江阴来到常熟县谋生，在城东租赁了一间小屋子住下来，做些小买卖，生活很艰难。这几天下暴雨，他没出门，躲在家里避雨，听到门口的屋檐下有人唉声叹气，还有雨滴打在雨伞上发出"噼噼噗噗"的声音。

　　他想，一定是路过的人遇到了难处，于是轻轻把门拉开。果然，一个青年男子抱着一个大包袱，担心被雨淋湿了，身子朝里背朝外，雨伞打开扛在肩头，下面的裤脚全淋湿了。看见门开了，就往外面闪，抱歉地说："不好意思，堵住你家门了。"

　　刘振时见他谦和儒雅，请他进门来避雨，还给他泡了一杯茶。说自己姓刘，在这里做小买卖。青年人正饥寒交迫，喝了茶暖了身子，自报家门说来自遥远的徽州，新安人，名字叫金景寅，是到这里来卖茶叶的，生怕茶叶潮湿了不好卖，所以非常感谢收留他进来避雨。然后，送主人一包茶叶作为答谢。

　　刘振时当即泡了，说他的茶味道特别好，来得真远，一定没吃饭，烧了一锅饭留他一起吃，一边问他去往何方。金景寅说，初到这个地方，人生地不熟的，只有先卖掉两包茶叶，有钱吃饭住店，再想以后的事情。

见他稳重斯文，刘振时叫他不要走了，说自己也是外乡来的，干脆两人住一起吧！省下了住宿费，两人也都有个伴。

金景寅说："感情好，干脆我们俩一起做茶叶生意，我回家乡去运茶叶来，两人一起卖。"

刘振时大喜过望，两人合伙做生意当中，才发现彼此都是讲诚信之人，于是结拜了兄弟。他们茶叶的利润从来只收十分之一，茶叶好，利润低，生意好做，在常熟很快打开市场。

常熟县城内的西高木桥

别人亲兄弟也明算账，但他们两个异姓兄弟从来不分彼此，吃的一锅饭，点的一灯油，衣服换着穿，家具通用，一个锅里炒菜，一张桌子上吃饭，亲密无间。

生意大了，利润赚多了，有钱了，他们也不分账目，在常熟东门找了一所宅子住下。金景寅担心父亲无依无靠，刘振时就说，把他接过来我们一起住。金父来了之后，他也随着金景寅喊父亲，每天请安，还是在一张桌子上吃饭。

金景寅回乡去充实货源，金父在常熟生病，刘振时像照顾自己老人一样，衣不解带地伺候，还是没留住老人的性命。去世后，刘振时亲手为他殓装送葬。金景寅回来不知道怎么感激他才好。刘振时却说：
"我们弟兄两个不分你我，你的父亲就是我的父亲啊。"

后来，他们买了大宅子，还是住在一起，直到两人娶妻生子，才各
人住各人的房间，但像是兄弟一般，还是一个大门进出。渐渐的，刘振
时眼睛患病了，妻子又死于难产。金景寅为他四处寻医问药，拜佛祈
祷，自己就成为他的眼睛，处处照顾着他。

两人一直相处了二十年，从来没红过脸，吵过架。

到了丁亥年的时候，两人年纪大了，行动更不方便，都需要儿女照
顾了。下人劝他们不要住在一起，免得将来看谁先走一步，活着的人
难受，都劝他们分开住。可是两个人都不愿意离开，好说歹说，后人就
让他们对门而居，因此被人们称为城东二义。

常熟阜成门和虞山城墙

背泥土，为父亲垒一座坟

　　歙县丛睦一带，山峦起伏，山道弯弯，蜿蜒盘旋，行人走到这里，一步三晃，走一阵歇一阵，身上大汗淋漓，个个都喊行路难。

　　此时，却有一个花白胡须的老人，穿着一件破旧的袍子，赤着一双脚，拿着一根竹竿，杆茎分层绕周，粘贴着白纸条穗，背着一包土，从山下艰难地往上爬。

　　一队人马奇怪了，哪有背着泥土往山上跑的？有个年轻人问他："老大伯，你背土干什么？"

　　这人不说话，只是低着头，一步一步地往山上爬，眼泪却扑通扑通往下落。行人窃窃私语这人一定是受儿孙虐待的！

　　年轻人忍不住走上前去，要去给他背土，他坚决拒绝，最后才说："我背土，是为父亲造一座坟墓，为父亲尽孝，这是谁也代替不了的。"

　　路边行人纷纷议论："您都这么大年纪了，父亲过世时，年纪也不小了吧？"

　　他点头说："是的。父亲九十多岁才病故，他以前可是每天都快快乐乐的啊。"

　　所有人都赞叹起来：九十多岁已经属于耄耋之年，寿终正寝，一定进入天堂，做儿孙的应该高兴才是。

他停下脚步，痛哭流涕："母亲早就过世了，看到母亲的遗物，我都忍不住悲伤万分。现在父亲又走了，纵有万贯家财，我向谁去尽孝呢？他为什么不能多享几天清福呢？"

众人劝他："有你这样孝顺的儿子，老人家一定是笑着闭上眼睛的……"

就在这时，山上下来一队人！有人喊他"汪先生"，有人喊他"汪大官人"，也有人直呼其名，叫他"汪玩"，后面跟着三个披麻戴孝的青年，叫他"爷爷"。

路上休息的几人都不满，冲着他们说："你们这个家族是怎么回事啊？他都是六十多岁的一个老人了，他父亲死了，你们应该给死者一份土地安葬，不能让老人自己背土垒砌坟头啊！"

族长解释说：汪玩是个生意人，他跟哥哥一起做生意，分取利润时从不隐瞒一点点。母亲去世了，他每次见到母亲的遗物，都会痛哭流涕，他侍奉父亲十分孝顺。老人家九十岁了，生前每天都很快乐，从来不觉得自己老，被称作大耋。过世之后，族里给了一份土地安葬的。但是，徽州山多土少，汪玩决定要垒砌一座高坟，所以要背土上山，大家就是来劝告他的。

路人们听了族长解释，又对汪玩的三个孙子抱怨，说家人亏待他："你们儿女是对长辈不孝顺啊，怎么给他穿这么破旧的袍子？还让他赤着脚，这么来来去去的，要跑多少路啊？"

几个孙子也辩解，说是他自己要尽孝心，要亲自背土做坟墓的。他拿着哭丧棒，光着脚，已经走了二十里路了，怎么劝都不听，大家只有来尽力减轻他的劳累。

族长也说："汪玩自己克勤克俭，一件衣服穿了十年多都不换，他不是没钱，每年利息都有上千两银子，可是仅资助公益，为我们汪氏人建造宗祠，他就捐赠了一万两银子。"

众人咋舌，一时间，大家都称赞他的义气与孝心。

黟县汪氏宗祠

人品更比银两重

有道是,铁打的营盘流水的兵,客栈更是如此,来来往往的过客像流水一般,掉东西与拾东西的事都经常发生,但下文发生的情况却少见。

两个姓宋的客人是父子俩,在池阳客栈里已经住了一夜,第二天父亲宋汶祥起得早,吩咐儿子把行李收拾好,将住房打扫干净,说等自己找老板结账之后,就要离开这里了。

儿子很听话,按照父亲的吩咐将事情都办好了,然后,想到出门如厕不太方便,就在客栈厕所里去方便。进去的时候,里面很昏暗,还没在意,出恭后起身,碰到一团硬邦邦的东西,就着窗外的微光,发现一个包袱悬挂在梁上,沉甸甸的,似有重物。

他顺手捏了一下,好像是些银锭。不觉吃惊,谁会把银两拴在厕所的梁上?直起身子,脚一垫,伸手就把包袱解下来了,枕在膝盖上一看,果然是银子,白花花的还不少。

伸头往外望了一下,时间很早,门前没有任何人往来。他有几分惶恐,又有几分高兴,捧着包袱回到自己房间。

父亲算账已经回来,拿起行李准备带儿子出发,发现他捧着一个白色布包,问他为何多了个包袱,儿子喜滋滋地告诉他:"父亲,大财喜啊,我在厕所捡到好多银子呢!"

两人放在床上打开来一数,居然有两百五十两银子。

父亲立即板起面孔,问他是不是拿了别人的东西?儿子赌咒发誓,说真是在厕所里面捡的,里面没人,外面也没有,客栈老板怎么会把银子放厕所里呢?一定是小偷偷来的不义之财,把那里作为藏匿之地。

父亲不相信,说绝对不可能,小偷即使偷了东西,也都埋藏在草窠里,怎么可能挂在厕所的房梁上?于是说:"儿子,你在这儿等着,我去问问。"

儿子不满地说:"父亲,这么多银子啊,你这一问,不就露馅了吗?即使不是老板的,他也会说是他的。"

父亲说:"傻呀,当然不能把银两的具体情况告诉别人,现在我去找老板,说我们要继续留下来等待客人,一定要等到真正的主人,核对清楚才能说出来,认定以后,我们再把银两还给人家。"

宋汶祥到了老板那里,问早上是不是有客人进出?老板正诧异他已经结账,怎么还不走,就告诉他,早上没有人来,只有两个苏州的商人要赶路,昨天晚上把帐结了,天没亮就走了。

"哎呀,他们怎么就走了呢?我们的账还没算清哩。"说不定是他们丢的,宋汶祥装着失望的样子说,"您知道他们到哪里去了吗?是走旱路还是水路?"

老板说没问他们。宋汶祥只好说:"他们走得匆忙,如果想起,肯定要回来的,我们再住两天等他们吧。"

他们不忙着赶路,放下自己的事不办,在客栈里住下来等,白白等了一天,也不见有人找来。

天黑了,父子睡下,儿子听说明天还不走,不满了:"父亲,我们已经等了一天,他们掉银子的人不来取,这怪不得我们啊。咱们一不偷二不抢,早起的雀儿有虫吃,这等于是送来的财气,上天奖励我们,我们为什么不要呢? 做生意正缺本钱哩。"

父亲说:"儿子,别人的钱财是别人的,不能挖人家的肉补自己的疮。掉钱的人正在着急,我们一走,他们找谁去?"

"等不到失主,难道我们在这里住三年五载吗?"

听儿子问起,知道他没想通,父亲坐起来反问儿子:"你说,人品重还是银子重?"

儿子说:"这没办法比,人品是看不见摸不着的,银子都有分量,能够称得出来的。"

"正因为银子称得出来分量,所以有多少之分。而人品是无价的,无法计量,所以更显得珍贵。人品是我们生意人的无形资产。人过留名,雁过留声,没有不透风的墙,我们今天隐藏了别人的财产,会良心不安,情绪不好,必定影响我们与人交往。另一方面,假如我们遇见这样的事情,设身处地想一想,丢失了这么大一笔钱财,生意中会遇到多大的困难啊……"

父亲的循循善诱,让儿子终于觉悟,当晚安心入睡。第二天中午,父子到外面饭店吃了饭回住处,看见客栈外面围了许多人。

发生了什么事? 两人挤进人群一看,地下躺着两个人,旁边人说,是外来的兄弟两个,因为一大笔银子掉了要寻死,被岸上的人救起来了。

宋汶祥见两人浑身湿漉漉的,但神志很清楚,在前一天住店的时候打过照面,还有些印象,于是上前问缘由。

一问才知,这是两个苏州粮商,兄弟两人住店的第二天要赶早走路,哥哥去叫车,弟弟背着银子要如厕。因大便碍事,就把包袱拴在屋梁上。因为方便时间较长,哥哥等得急了,在外面催促弟弟,他心慌意乱,提起裤子就往外跑,忘记了屋梁上的银子包袱。

两人坐着马车，一口气跑了半天，中午要吃饭了，哥哥问弟弟要银子付账，弟弟才发现，装银子的包袱不见了，他想了半天，也想不起来在哪里掉的，还以为在路上丢了，沿途找回来，才想起，临走前挂在厕所的屋梁上的。连夜赶回来，厕所里哪还找得到呢？

他们去问老板，老板说，根本就没看见什么银子什么包袱的，别乱说，影响我们生意。你们挂在厕所的屋梁上还能有吗？每天上厕所的人有多少啊？就这两天住店的人，也走了几拨子了，谁知道哪个把它拿走了呢？

他们再把住店的人问个遍，谁都说没看见。兄弟俩已经绝望了，这么多的银子掉了，生意也没办法做了，连回家的路费都没有了，只有死路一条，于是两人同时跳河。

宋汶祥让儿子也出力，两人一起把那两兄弟扶起，搀扶到自己的房间里去，安慰他们，让他们不要绝望，说不定还有希望。

弟弟只是哭，哥哥哭着说："如果是五两银子，二十两银子，掉了就算了吧，这可是我们全部的家当，好不容易凑齐的两百五十两银子啊……"

数字对了，儿子欣喜地望望父亲。宋汶祥又问他们包袱布的颜色，大小，银子上有什么记号？弟兄两个似乎看见了一线希望，争先恐后地说出来，与宋家捡到的一模一样。

宋汶祥微笑着对他们说:"别哭了,你们的银子就在这里。"说着取下自己的大包袱,打开来,弟兄俩的包袱就裹在里面,一时有点不敢相信。

儿子把看见包袱的情况说个一清二楚,最后说:"我跟父亲两个本来要走的,就是为了等待失主,多住了一天半了,担心银子掉了,我们出门吃饭都背在身上。"

弟弟一看欣喜若狂,扑过去抱起包袱嚎啕大哭:"终于找到了,银子终于回来了——"

"哪里是银子回来了?是恩人帮我们收藏起来的,要不然,早就被人拿走了。还不赶紧谢谢他们!"哥哥拉着弟弟,跪下给宋家父子磕头。

宋汶祥把他们拉起来:"别说谢了,出门在外,经商不易,记住自己的东西一刻也不能离身,必须要保管好才是。"

弟兄两个坚持要感谢,说要把银子分一半给他们。父亲说:"万万不可,如果我们贪图钱财,何必要把银子全部还给你们呢?"

当儿子的说:"银子有价,人品无价,你不能贬低了我们的行为。"

当父亲的知道儿子受到了教育,额首笑笑,说:"找到失主,我们该动身了。"

父子俩背起自己的行囊,阔步走出客栈,弟兄两个只有对着他们的背影磕头道谢,直到他们的身影消失才起身。

最贵重的嫁妆是一张纸

　　江苏东台安丰镇一户人家要娶媳妇了,听说新娘子年方十七,品貌端庄,知书识礼,而且是来自歙县的商人吴廷枚的女儿。

　　新婚大礼那一天,四乡八邻的人都到镇上来看迎亲。徽商有钱啊,吴老板的生意做得大,给女儿的陪嫁也不会少。因此,一听见唢呐欢快的乐曲,人们都朝花轿跑过来了。

　　新娘子在花轿里面,大家自然见不着,看见送亲的人不多,嫁妆也不多,只有两口箱子,另外还有两只抬盒,简简单单的几个送嫁的人,让所有的看热闹的人大失所望。

　　在场的人议论纷纷:还是老板呢,还有钱呢!怎么嫁女儿这么小气啊?箱子里还能有多少东西?大不了就是新娘子的一些衣服,抬盒里也不过是些被褥,难怪人们都说徽州人小气,嫁女儿也这么吝啬,不是让人笑话吗?新娘子进了夫家的门,将来日子也不好过啊……

　　听到外面人的议论,花轿里的新娘子更难受了。本来,她也知道自己的嫁妆不多,到男方家里去,不是要被妯娌们看不起吗?公公婆婆更没有好脸色了,万一遭到丈夫的嫌弃,将来日子可怎么过啊?

　　离开娘家很不舍,她已经痛哭流涕,听到花轿外面人们的议论,更想嚎啕大哭,可是从小受到父亲的教育,都是女子的三从四德,笑不露齿,哭也不敢放声,只有默默地流泪。

幸亏手里还拿着一个盒子,这是上花轿的时候父亲递给她的,巴掌大小的红漆木头盒子,看起来很精致,里面是什么,父亲只说这是无价之宝,让她到夫家去以后再看。

花轿一路颠簸,她也没办法打开看,等到平稳下来,新娘想打开盒子,已经听到鞭炮声,花轿到丈夫家门口了。

吴小姐被人搀扶着,完成了结婚拜堂成亲的人生大礼,然后被新郎用红绸子牵进了洞房。她手里始终拿着那个盒子,就是在拜堂成亲的时候不太方便,伴娘要给她拿,她想起父亲说的话,认为这是给她最贵重的嫁妆,一定要带在身边不离不弃。

所以,当别人要接过去的时候,她都再三摇头,紧紧抓住不放手。参加婚礼的人也觉得奇怪:"她拿的什么宝贝?为什么始终要抓在手上?怪不得陪嫁的东西少呢!宝贝在盒子里的。迎亲的人说,女儿要上花轿的时候,吴掌柜的才亲手递上去的,一定是非常贵重的东西,说不定是房契,说不定是田契,那比抬着的东西值钱多了。"

终于结束了结婚大礼,进入了洞房,她还是没有放下手中的小盒子。见丈夫到外面喝酒应酬去了,她才偷偷地打开盒子,出人意料,里面只是一张纸,稀稀疏疏的几行字,如父亲平常写的那么工整,她看见了又想哭又觉得好笑。看完之后,却渐渐心安。

新郎进来揭开盖头,问她刚才一直抓着的盒子到哪去了?她羞涩地说收起来了。问是什么宝贝?他要看看。她也只是腼腆地笑笑,轻声说:"无价之宝。这是父亲叫我一个人收藏的。"

丈夫只得作罢。好在有那个盒子,左邻右舍也不议论她的嫁妆了,妯娌也没轻视她,公婆更把她当亲生女儿对待,丈夫也对她温柔体贴,她没什么可抱怨的。

突然有一天丈夫找她要盒子:"你能不能把你的宝贝给我用一下,

我到当铺里抵当一些银子,帮帮我渡过生意上难关,以后我再给你赎回来。"

这时她为难了,吞吞吐吐地说:"父亲给我的陪嫁只对我有用,你拿过去变不了钱的。"

丈夫不信,非要她拿出来。说:"你进了我家门,就是我家人,你的东西就是我的东西,你不给我,就是与我不一条心。"

她被迫不过,这才拿出来对丈夫说:"你看,父亲给我的嫁妆就是这首诗,真的不是田契房契。"

丈夫见她打开箱子,从箱子底掏出这个红漆盒子,打开来,果然只是一张白纸,上面有几行字:

年刚十七便从夫,几句衷肠要听吾:

只当兄弟和妯娌,譬如父母事翁姑;

重重姻娅厚非泛,薄薄妆奁胜似无;

一个人家好媳妇,黄金难买此称呼。

丈夫生气了,把纸扔掉,愤愤地说:"还以为你真的带来了什么宝贝!如果是房产地产的,让我典当些银子,也能缓解一时之急,你父亲给你的,却只是几句破诗,简直是一文不值!"

妻子从地上捡起纸张,轻轻弹去上面的灰尘,生气地说:"我从来没说过我带了多少嫁妆,我也没欺骗过你,它真的就是我的宝贝,我一直保留着它,一直按照父亲的教导去做,没有对不起我夫家人。"

夫妻俩吵嘴,婆婆在外面听到了,跑进来数说儿子:"难怪我的儿媳妇这么好呢,是我的亲家教育得好啊!他女儿过门,就是把妯娌当成兄弟相处,把公婆当做父母孝顺,对我们家的亲戚朋友都热情招待,真是我银子也买不到的好媳妇啊!谁说她父亲给她的不是最贵重的嫁妆呢?"

给拐马的人送银子

徽商汪进一直在扬州做盐生意，回乡养病，事事不忘教育儿子。

一天进书房，看儿子汪寰在读书，抬头见书房额匾上面有"宝善堂"三个大字，就说要出一副对联让儿子对下联。儿子汪寰恭敬地放下书请爹爹出题。

父亲顺口就说出了"宝善堂中善为宝"的上联，儿子马上知道，父亲的上联来自这书斋的匾额，联想到自家的宅子名字，很快就对出了下联："安仁宅内仁是安。"

汪进欣慰地点点头："孺子可教也。"

自己的言传身教，培养了儿子的仁爱之心，比做生意赚钱还要重要啊！希望他用这副对联作终身座右铭。

天有不测风云，汪进不久病故了，汪寰继承了父亲扬州的盐业生意。

见他年纪轻轻，弱不禁风，朝廷派来的盐运使很不放心，这样一副弱肩，能够担当汪氏盐业的掌门人吗？于是，趁着盐商大会对他盘问。

他哪里知道，汪寰跟随汪进多年，生意忙的时候，帮助父亲打理业务，闲的时候趁机读书写字，研究朝廷方面的公文。一旦父亲撒手，做儿子的早有各方面应对准备，而且有条不紊地融会贯通。对朝廷官员的变相考核,他回答得头头是道,对生意的料理,他也毫不生疏。几年下来,他不仅顶起了家族事业的大梁,而且开拓发展,积累了更多资金。

他始终没忘与父亲合作的对联,宅心仁厚,积善成德。

一天,他和朋友骑马到郊外游玩,看到路边躺着一个人,见有人路过,低沉的呻吟越发粗粝。只有他勒马回转,问地下人是不是受伤了?那人也不回答,抱着肚子在地上滚动。

汪寰担心他有大病,就说带他去找医生看看。男人不说话,只是表现得更加痛苦,似乎爬不起来的样子。汪寰跳下马来,把他扶到马上,自己正打算跳上去,那个人却精神抖擞地扯了缰绳,两腿一夹,朝着他们来的方向骑马跑了。

朋友见他半天不来,一起回过身来找他,才知他的马被那装病的骗子拐走了。一个个义愤填膺,都说骑马去追赶那个男人,把他抓到官府法办。

汪寰苦笑着摇摇头:"算了算了,算我送给他的,骑走就骑走吧!他如果有马,也不会来拐骗我的了。"

朋友都说他对人太宽厚了,这种人如果放掉,以后他还会骗更多的人,万一害得人家倾家荡产怎么办?

汪寰点头称是,说以后如果遇见他,一定让他改邪归正。众人都笑他愚钝:"汝之不慧也!"

天下还真有这样巧的事,那个骗子轻而易举骗了一匹马,卖了马,得了钱,过了几天舒服日子。这天又在街上晃悠,想物色新的对象下手,突然被人扯住衣袖,抬头一看,冤家路窄,正是马的主人。吓得跪下来连连磕头:"官人,高抬贵手饶了我吧,我上有老下有小,也是没办法,但凡有点出路,我也不干这坑蒙拐骗的事,千万别拉我去见官好不好?"

汪寰却把他拉了起来,道:"你别害怕,我今天不是拉你去见官的,我只是要你答应我一件事。"

那个人以为这位大官人要雇用他干活，拍着胸脯保证："愿效犬马之力。"

"你不是说但凡有点出路，就再也不干这坑蒙拐骗之事吗？"说着就掏出一袋子钱，在他眼前晃晃，"只要你答应再也不做坏事，我就把这钱送给你。"

那人简直不相信自己的耳朵，骗了他的钱财，反而送钱财给我，他是个傻子还是骗子？还不知道弄什么鬼主意整治我呢？后退一步，忐忑不安地说："大官人，我知道自己错了，我不应该拐骗您的马，您，您放过我吧……"

汪寰答道："你不仅欺骗了我，你还害了别人。"

"没有没有，即使存了那个心，也没来得及……"

"以后，真正有人倒在路上等待我们救援，谁还敢救？真正需要的人得不到帮助，你是不是害了更多的人？"

在对方的直视下，那男人真正认识到自己的错误，连连点头，保证绝不再犯了。汪寰把钱放在他的手里，让他拿着当本钱，做点小生意。

那人接过钱，惊喜交加，突然想起来，问道："先生是不是休宁人氏？姓汪？人称汪善人、汪仁公的？"

汪寰诧异地问他，怎么知道自己的姓氏和别人对自己称谓的？

"哎呀，我早年带母亲到齐云山进香，路过登封桥的时候，就听别人说，当年洪水冲垮了木桥，许多人被阻挡在横江对岸，是汪大官人捐赠了一百两银子，这才便利了我们上山的香客呀！齐云山上，还有您捐资修建的华阳道院，道院内赡养的孤寡老人都感念您的恩德呢。"

汪寰笑着点头，再一次地告诫他："为人在世，应该多做善事，才能留下美名，千万不能为一己私利坑人害己哦。"

那人磕头答谢，捧着钱高高兴兴地走了。以后，走村串户的货郎就多了一个生意人。

产业被卷跑，他也不追究

明万历年间，汪寰突然有一天回到了乡里，儿子们都拥过来嘘寒问暖，问他是不是身体不舒服？是不是回来养病的？

他说不是，商场干了多年，现在该颐养天年了，回家来享受天伦之乐。原来以为他会带哪一个儿子出去经商，他却说，你们都在家继续好好读书吧！我已经把生意交给二掌柜了。

二掌柜是谁？原来是他生意上的助手，又被称之为掌计，原来是聘用来的伙计，一天天跟着掌柜学到了本事，渐渐提拔起来，他能独当一面了，汪寰就把生意全部交给他了。

儿子们都说，我们也长大成人了，也该让我们分管商业啊。

父亲就对儿子们说："还没到我寿终正寝的那一天，也不能把钱财都分给你们，还是让资本聚集在一起吧！选派能干的人去经营，就是想让你们在家里读书。以往你们从来没有介入经营管理，你们谁能够继承家业？还是我的助手熟悉业务。"

几个儿子大眼瞪小眼："父亲，你就这样把产业拱手给人了吗？那家伙也就接受了吗？"

汪寰点点头，说："他答应只是代理我管理，如果你们以后有能力接手了，让他再奉还。"

"我们有能力啊!"一个个争先恐后地说。

"那我考考你们。"父亲出了几个题,没有一个答得出来的,于是说,"你们还是好好读书吧,以后不要再提起这件事。"

果然,他回乡以后就再也不过问生意上的事情了,开始一两年,商铺还正常汇款回来,后两年逐渐减少,第五年是分文没有了。来信说经营惨淡,还难以维持。儿子不信,老子相信,说生意场上,输赢都是常事,要保持一颗平常心。

过年之后,还没有消息,倒是迎来了一个客人,是他在扬州经商的老朋友,也是老乡,离他家不过几十里路,回乡前来拜访,见面就说:"你老兄真沉得住气,居然气定神闲地呆在家里颐养天年,真不管商铺的事了?"

汪寰连连点头:"我既然声明退出,就是不想再过问商场,不都交给二掌柜了吗?"

老乡气愤填膺,说道:"你选的什么接班人?他把你的家产都卷走了。"

他这才有几分诧异:"他来信没有说起呀!只说生意不好做,亏空了不少。"

"什么亏空啊?他背着你,今日倒腾明日倒腾,将你的产业都转到自己名下去了,现在你的商铺关门倒闭了。"

汪寰坐不住了,站起来背着手走了几圈,突然仰天长啸:"我真是遇人不淑,看错了人,我的家产都被他败光了吗?"

"我还骗你?你还不赶快去扬州查账!追回来多少是多少啊?"老朋友喋喋不休地给他出主意,想办法。

他只是不做声,就在这个时候,有回乡的商人捎信来,打开一看,正是他委托管理商铺人的来信。几乎是字字血声声泪,诉说生意怎么难做,怎么亏损?怎么倒闭,然后认罪,赔不是……满满写了三张纸,说他再也没有脸见恩公了。

三张信纸，悠悠飘落地上，像是为他的商铺送葬的纸钱，他沉下脸来，靠在太师椅上闭目养息，看起来心如止水，其实是沉入太平湖湖底了。

老友拾起信来，左看右看，然后仰起脸问他："这些你也相信？"

"不相信怎么办？"他长长地叹了一口气，"即使他全部并吞了，那他也是早有预谋的，凭我对这家伙的了解，他做起事来滴水不漏，我就是去查，也查不出个所以然来了。"

"那，你的万贯家财，就这么拱手送给他了吗？"

汪寰睁开眼睛，望着门外，蓝天高远，群山如黛，他终于看开了，悠悠地吐出一口气："当初我出去经商，也是两手空空的，这么多年来，我总算挣下了老家的房产，老家的地产，绕了一个圈，权当回到原点，那些钱就算甩到水里去了吧！就算我打麻将输了吧！如果我再回头到扬州，再与他官司较量一场，劳民伤财，两败俱伤，还让儿孙耿耿于怀，算了算了……"

"被他卷走的财产，你都不追究了？"老乡问。

"就当我救济他了，也是为自己付出的学费吧！"

后来证实，汪家的全部家业真的一去不返了，可还有这么大一家人，儿孙花费也不小，还有那么多亲戚朋友需要救助，他的家庭从上等人家逐渐下滑，最后入不敷出，汪寰就让儿子们出去做买卖。

儿子们齐刷刷地伸手向父亲要本钱，他们的抱怨也不是一天两天了。都说，如果父亲让他们当中的随便哪个去执掌业务，肯定现在全家一个个都在扬州，吃香的喝辣的住好的了。全都抱怨父亲是滥好人，被别人骗了家产，傻瓜也要追究吧。而今家产全部打了水漂，害得儿孙重新要过苦日子了。

这些话传到他耳朵里，他将儿子一个个叫到身边来，对他们说：

"你们的爷爷当年就是这样教训我的，而今我也要给你们这副对联，给我记住了：'宝善堂中善为宝，安仁宅内仁是安'。钱是身外之物，别看那么重，有本事，你们自己去重整家业。就因为你们平日游手好闲，不能成为我事业上的依靠，所以汪家走到今天，我有责任，你们也有责任！我只能给你们很少的本钱，让你们自己去打出一个天下来！"

儿子们只好接过父亲给他们为数不多的本钱，走出家门，去开创自己的事业，有的也渐渐走上自立自强的路。吞并他家产的那人，因为钱财来得太容易，很快败光了财产，早早病死了。

汪寰心安体健，过着平凡而清淡的生活，九十高龄才寿终正寝。

仁本堂是婺源县汪口村俞氏宗祠正堂

我才是你们要抓之人

汪玄仪是汪道昆的祖父,字守义,歙县松山人,一直跟着父亲做盐生意,把弟兄们都带了出去。他虽然言语不多,但是诚实守信,颇有威望,德高望重。所以被众人推举,当了盐策祭酒,经常接待上面派下的使者,应对上级检查,与众位商人商议对策。

明朝的贪官污吏太多,朝廷有个宦官叫刘景,他知道盐商都很富裕,到浙江后,就想大大敲诈他们一回,成天找借口,只要说某人不守法,就要他家破人亡。

听说汪守义是盐商的首领,自然将他上了"黑名单",不管犯法还是没犯法,先派人去抓来再说,给钱就放人,不给钱就送他命。

汪玄仪听到有风声,赶紧跑了。刘景手下没抓到人,就抓了他的兄弟汪守信与其他几个盐商关到监狱去,要他伏法。汪玄仪得知,急得团团转,对其他五个从事盐业生意的弟兄们说:"我们家老二被抓去了,那不就是羊入虎口吗?"

弟兄们都觉得奇怪,干嘛要抓他?

汪玄仪说:"枪打出头鸟,还不是冲着我来的?抓不到大鱼抓小鱼,同时还抓了其他的盐商,不能让他们成了我的替罪羊啊,我得去找他。"

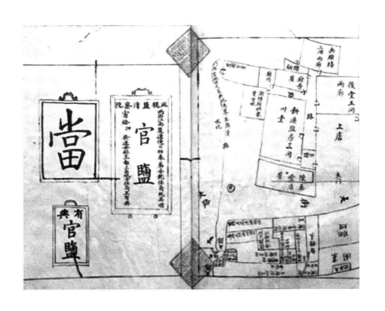

家里的亲友们全都劝他："一个人搭进去了,不能再搭进去一个,更何况他们冲着你来的,你去了还有命吗?"

"我去了没命,但是也不能让兄弟为我送命啊。老二与其他商人不回来,就等于我杀了他们。你们为我照顾家小,我得找刘景去。"于是,汪玄仪告别众位兄弟,单枪匹马到了衙门。

大堂上,宦官刘景正坐在中间,严厉地审问着犯人,想要将他们屈打成招。见一个清癯之人昂然进入,器宇不凡,衣冠楚楚,猜不透来人是干嘛的?

汪玄仪自报家门,就说抓错人了,自己才是他们要抓的人。

刘景说:"刚才,你不是说,你叫汪玄仪吗?我们要抓的是汪守义。"

汪玄仪坦然说:"大人,汪守义正是在下的字,外面对我很客气,不称呼我的名而已,所以让您误会了,我来了,您就把他们放了吧。"

"这个这个……"刘景有几分尴尬,但跟着将惊堂木一拍,"大胆汪守义,你既然知道自己犯法,今天又主动前来伏法,那就给我跪下,老老实实把自己的罪行交代清楚!"

汪玄仪连连摆手:"大人,小人没有犯法,今天也不是来伏法的,只是听说您老人家要过生日了,正在给您筹备生日礼物,今天就是来禀告的。"

刘景一听来劲了,朝堂下探着身子:"嗯?你知道我的生日?打算送什么礼物啊?"

"请允许小的上前一步说话。"汪玄仪故意朝大堂两边望望。

刘景干脆走下堂来,附耳过去。汪玄仪轻声说道:"不知道大人喜欢什么东西,所以准备了一千两白银,就给大人办生日宴会用吧。"

听说有这么多钱,宦官一个哈哈两个笑,说:"误会误会,通过刚才的问询与审查,你们这里的盐商奉公守法,都是不错的。他们留在这里,还有些手续要办,你先回去,过生日那天,一定请你喝酒。"

"好好好,我赶紧去取钱。"汪玄仪说完,赶紧回家筹备银两。

他把话放出去了,不得不赶紧采取行动。可是,家里坛坛罐罐都涮完了,也拿不出这么多银子,怎么办?家人都劝他三十六计走为上策,免得自己倾家荡产,还不知什么结果。

他说不行,不仅是弟弟一个人,还有其他的盐商,刘景得不到这千两银子是不会放人的。心想我还有一样东西值钱,什么呢?盐引。他把所有的盐引拿出来,连夜跑到杭州府去了。

杭州知府梁大人过去也跟他有过往来,都是饱读诗书之人,平常还有诗词唱和,可是,汪玄仪要的银子不是少数,只有摇头说没办法。

汪玄仪再三恳求,把事情的来龙去脉说了一遍。最后取来了盐引:"知府大人,我也不能让您为难,这样,我家里的盐引都带来了,就放在您这里抵押可否?"

听说他想把盐引拿来做抵押借贷,不解地问:"盐引是你买卖的通行证,你抵押了怎么做生意?"

　　汪掌柜说："没办法呀。人命关天，晚了一步，我弟弟与其他商人都有性命之虞啊！"

　　梁大人也知道朝廷宦官当权，民不聊生。如果这些盐商有不法经商的行为，自己不也有一份干系？其实，只要能花钱处理的问题就不是问题，于是很爽快地拍拍他的肩膀说："汪守义真是守义之人。放心吧！我借贷给你！"

　　汪玄仪凑齐了千两银子，送到宦官手上。刘景放了他兄弟，也没有追究其他盐商了。直到后来贪赃枉法的事情暴露，千两银子又乖乖地退给了他。

　　但是汪守义舍身取义的行为却在盐商中流传下来。

明代汪道昆塑像

在妓院里默书写字

汪玄仪是松江一带著名的徽州盐商,生意做得大,也有钱,但是一贯洁身自好,从来不进妓院。

生意场上花天酒地是交际应酬的手段,客居松江一带的商人,没有不到妓院的,只有他是个另类,别人都说他假正经。

花甲之年,他心生退意,要告老还乡了。亲朋好友、往日客户都要为他践行,他也乐哈哈地答应了。宴席上,大家纷纷给他劝酒。他也来者不拒,于是你一杯我一杯,喝得脸上红霞飞,终于不胜酒力,瘫倒在桌子上。

众人大喜,于是命随从把他抬进了妓院,住进一间最豪华的房间,挑选了一个最漂亮的妓女,再三要她殷勤侍候。

汪玄仪哪里知道众人是要考验他。醉得不省人事了,只有任人摆布,什么也不知道。醉醺醺的他半夜醒来,四周漆黑一片,身边的脂粉气味浓郁,令他头昏脑涨,一个光溜溜的女人身体紧贴着他。

他一下警觉起来:这不是在家里,也不是在松江的住所,这是什么地方? 他陡然坐起,一把推开身边之人,厉声问她是干什么的?

那个女人极其温柔,吴侬软语,痴痴地笑,轻轻地说:"大人,这里是妓院,你到这里来干什么,还能不知道吗?"

他想起来了，想起朋友们不怀好意的笑声，想起那些狂轰滥炸的劝酒，原来要破我的戒啊。他什么话也不说，掀开被子下了床，披衣服就要走。

妓女把他拉住了，嘤嘤地哭了："大官人啊，你不能走啊！你这么一走，鸨母一定会责骂我的，怪我没把你侍候好，说不定还要打我，我可没错……"

汪玄仪听到这里，想她说得也有道理，这么深更半夜跑出去，在妓院里闹的动静太大，也影响自己声誉。无奈地长叹一口气，吩咐女人穿衣服起来，给自己点亮蜡烛。

女人没见过这样的嫖客，被吓住了，只好点起蜡烛。又被吩咐去找书。她为难了，说没有书，只有唱曲儿的本子。

汪玄仪自己也觉得好笑，问妓女要书，不等于向和尚借梳子一样荒唐吗？可是，没书这夜晚如何打发？只好退而求其次，再问她要文房四宝。

好歹这妓女还粗通文墨，平时抄写唱曲，练习画画还有笔墨纸张，拿来之后，就要为他磨墨。汪玄仪挥挥手："我家自有红袖添香人，你走开，别管我，我要写字。"

女人不走，他生气了："你在我跟前晃来晃去的，让我如何写字？自己找个地方睡觉去！"

深更半夜的写什么字？莫非他要写什么机密书信吗？女子万般不解，隔壁有间空房，也只好睡到那边去了，心想这人真怪，再晚些时候坐困了，会不会叫我回来？因此一直开着房门等他。

汪玄仪打开那些唱本，实在是粗俗不堪，不忍猝读。没书可抄，只好蘸墨写字。他凭借自己的记忆，默写论语，默写唐诗宋词，默写想得起来的诸子百家，写了一篇又一篇，一直到东方发白，听到楼下院子门吱咕响声，他才放下笔，拔腿跑了。

妓女一等他没来，二等他没来，结果到天亮也没等到人。听到有脚步声响，爬起来一看，男人已经下楼了。回到自己房间，桌上厚

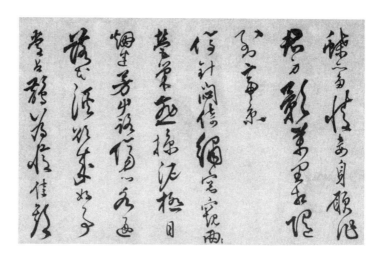

明代汪玄仪孙汪道昆草书

厚一叠纸，全是他昨晚写的字，那字写得真好啊，如他为人一样端方，心中暗暗佩服。

汪玄仪就此别了松江，把生意交给后人打理，回到徽州老家。孙子汪道昆已经三周岁了，从此一门心思教育孙子，唯一的娱乐享受，就是喝酒之时，令一直跟随他的老家人唱一段秦腔，然后抚摸着孙子的脑袋，让他熟读四书五经，将来为汪家改换门庭。

孙子没有辜负爷爷的希望，中进士之后，从义乌知县，到襄阳知府、福建副使，后来与戚继光参加抗倭战争有功，擢按察使，升金都御史，位至兵部侍郎，而且以诗文名扬海内，与王世贞并称为"南北两司马"。

汪道昆所写杂剧尤其有成就，至今流传下来的还有《高唐梦》《五湖游》《远山戏》《洛水悲》四种，合称《大雅堂乐府》。孙子有杂剧创作的才干，是否也与爷爷当年喜欢听秦腔有关呢？

歪打正着，只有借口神女来

明代正德年间，程案、程宰兄弟两个到辽阳经商，本来有丰厚的资金，但是他们投资的是人参、貂皮，本钱也大。在长途贩运中遇到强盗，货物被抢得精光，连回家的路费都没有了，他们也没脸回去，只有流落在街头，为人跑腿打杂当伙计。

正德十四年初夏的一天，弟弟程宰先回家一步。走到街头，看见一个卖草药的高声叫卖："贱卖了贱卖了，中药贱卖，只剩黄柏、大黄两味药啊，当柴禾卖了……"

弟弟一听，中药当柴禾卖？价格怎么这么便宜呀？做生意就讲究低进高出，中药又是放不坏的货物，我今天可算是捞着了。于是叫了药商，跟到他们租赁的小屋子里，把弟兄两个最近当伙计挣的钱全拿出来，把这两样药都买下了。

傍晚，哥哥程案下工回到家里，看见一屋子堆得满满的都是中药，一问才知是弟弟干的蠢事，气急败坏，当即踢他一脚，骂他贪图便宜吃大亏，要卖得掉的东西，人家早卖了，还不是病人都不吃这两样药吗？数量还这么多，买来干什么？哪天才能卖得掉？

程宰这一下清醒了，可世上没有后悔药卖，只有先放到那里，慢慢等机会吧！少不了天天挨骂。

　　谁知道，机会说来就来了，第二年辽阳发生了瘟疫，治病杀毒的中药主要就是黄柏、大黄，许多人家都需要。可市面上哪里去找那么多呀？弟弟得到这消息大喜，对哥哥说："别人没有我们有哇，赶紧上街卖去！"

　　哥哥也来劲了，两人上街兜售，不但百姓家家要，药铺更是大批购进。他俩很快把药材抛出去，赚到几十倍的利润，就这一笔买卖，五百多两银子到手了。

　　做生意有本钱了。哥哥还在考察行情，弟弟却在街上遇到了一个荆州来的商人，带着五百匹彩缎无处存放，大雨一淋，通通变色，谁要他的呢？丝绸商人一边哭诉自己的悲惨遭遇，一边恳请诸位客官买他的彩色绸缎，也说贱卖只要能有两个钱回家做路费就行了。

　　又是这傻小子程宰出头。他想，辽阳这地方不产丝绸，尽管这些东西外面变色了，里面还是鲜艳的呀，少赚点钱，便宜些卖出去，不至于亏本吧。于是，他又把卖中药的钱全部拿出来，买了五百匹斑斑点点的彩缎。

　　荆商大喜过望，拿着钱就赶紧回家了。哥哥程案回家一看，家里又变成绸缎铺子了，气得暴跳如雷，又把弟弟骂了一顿。说他上次是歪打正着，这回上大当了，这么多变色的彩缎卖给谁呀？

　　弟弟说，卖便宜一点儿，慢慢卖吧。卖掉一些是一点。

　　哥哥说，要卖你卖去，慢慢卖到哪一天？到时候，陈丝如稻草，你本钱都捞不回来。

　　弟弟只好自己推车上街卖，一天两天，一个多月，也没卖出去几匹，也着急了。

　　这天正在街上吃喝，突然来了几个军爷，问他这绸缎有多少。程宰不知他们要干什么，吞吞吐吐说不出话。那些人急了，领头的说："不论多少，我们一起买了，你开个价吧。"

徽商故事（明代）

天啊，有这么好的事？他赶紧说："我有不少，五百匹呀。"

那个头目哈哈大笑："这才是踏破铁鞋无觅处，得来全不费工夫啊，我们就是要这么多。"

跟着告诉他，朝廷要调他们辽东的兵士南下，因为江西宁王朱宸濠在南昌举兵造反。需要他们旗帜鲜明，戎装整齐，一时之间，哪里有那么多绸缎？

哥哥这回不埋怨弟弟了，带着程宰，把五百匹斑斑点点的彩缎推销了出去，净赚了一千两银子。但还是担惊受怕的，说这样风险太大，如果看不准行情，那就全盘皆输。

弟弟不服气，说："人弃我堪取，奇盈自可居。别人低价抛售商品的时候，我们买下来等待时机，虽然是个风险，但一旦出售，利润自然可观。"

机会又来了，正德十五年秋，一位苏州商人到辽东来贩布，生意还不错，不久就卖了两万多匹布出去了。一天，突然接到老家托人带来的噩耗，说他母亲死了，必须得赶回去奔丧，还有六千多匹棉布怎么办呢？

哥哥有点动心了，和弟弟商量，说："看起来我们运气不错哎，你有歪打正着的本事，看看这次布我们要不要？"

弟弟大包大揽，说只要便宜就买下来，反正这个地方不产棉布，到需要的时候咱们就有货了。

"别忙，这不是一个小数字。"哥哥还是有些担心，四处托人打听，正好遇见京城来的徽商，告诉他们，正德皇帝武宗到南京南巡，亲自驾着鱼船在湖中网鱼，玩得兴起，一不小心掉进江水中。已是秋凉天气，江水寒冷，他只有个吃喝玩乐的虚弱身子，惊吓着凉之后开始生病，病得还不轻，大约挨不过多日了……

弟弟说："为商之道，有一招叫囤货居奇，商机是给有准备之人，趁这个机会，我们可以好好地杀价，很快就能赚钱了。"

哥哥这回与弟弟一条心，买下了六千多匹棉布。挨了不少日子，哥哥着急起来了，怪弟弟鬼迷心窍乱出主意。

弟弟说："不是你找我商议的吗？我只是赞同而已。"

就在这个时候，传来了不幸的消息，皇帝一病不起，吐血身亡。

皇帝死了，全国人民都要挂孝。本来辽东不是产布的地方，就是从外地运也来不及了，陈家兄弟囤积的六千多匹白布一售而空，他们赚到更多的钱。有了资本，囤货居奇更容易，不断赢得暴利，几年过来，他们就赚了几万两银子。

同道之中，羡慕的也有，嫉妒的也有，说他们不知交了什么狗屎运，都发的是国难财，钱来得不地道，还有人扬言要杀富济贫。

弟兄两个坐不住了，他们不过是囤货居奇坐收渔利，这种投资也有很大的风险的，还是见好就收吧。于是他们在外面散布言论，说兄弟俩远道而来，穷得都没路费回家了，海神姑娘见他们可怜，深夜到他们这里来，频频给他们出主意，他们这才敢做冒险生意的。

孤注一掷，连战连胜，如果不是神仙助他们一臂之力，哪里能够获得成功？于是世人相信了他们有海神帮助的故事。

兄弟俩不敢久留，带着发家致富的金银财宝衣锦还乡了。

资产都给弟弟，儿子当了宰相

　　明代万历年间，苏州发生了一起官司：两个弟弟状告哥哥独占家产。哥哥后退一步，净身出户，左邻右舍、亲朋故友都站在哥哥的一方，为他输了这场官司抱屈。

　　这是怎么一回事呢？说起来，根子出在许汝弼身上。

　　他是明代歙县东关人，在苏州行商，直至中年也没儿子继承他的产业，便将哥哥的小儿子过继来。但是不久，自己就生养了一个儿子。于是他就有一个过继的养子许钰，还有一个亲生的儿子许金。但是他最看重的，还是他哥哥的大儿子许鈇。

　　许鈇的父亲虽然没有万贯家财，小儿也过继给弟弟了，对大儿子要求格外严格，培养他从小爱读诗书、踏实本分、精明细致的好品德，被弟弟许汝弼看中，要来管理店里的财务，成为了生意上的得力助手。

　　自从有了大侄儿为他管理店铺，叔叔渐渐放开手脚，当了甩手掌柜，干脆把店里的全部事务都交给他管理，自己落得游山玩水吃喝玩乐，最后乐极生悲，旅途奔波，猝然病死在异乡。

　　许鈇得知许汝弼逝世，如丧考妣，赶去把叔父的遗体收殓运回，为他守孝办丧事。不仅一个人撑起了叔叔的产业，而且开源节流，筹集资金供养叔叔的两个儿子，让他们读书求学，把他们抚养成人。

这两个不知好歹的东西，一旦羽翼丰满，就开始反攻倒算。

首先是他叔叔的亲生儿子许金发难，跑到店铺去找许鈇，说这是他父亲的产业，他一直

位于歙县城内的许国牌坊全景

没有过问，心中有愧，现在应该出力来兴家立业了。

许鈇是个聪明人，当然听出他话的意思，爽快地说："是叔父栽培了我，我忘不了他的恩情，既然弟弟愿意承担劳累，那么你就来完成他未竟的事业吧！"

堂哥忠厚，很快把店产店务交给许金管理，自己只做了账房先生，一如既往地操持，帮助堂弟料理生意。

刚刚理顺，另一个弟弟跳出来了。许钰愤愤不平地说："大哥，我既然从小过继给许汝弼，理当是他的大儿。什么事情都应该长幼有序，凭什么小弟要一个人管理店产？你别忘了，我与你是同父异母的亲生兄弟，打断骨头还连着筋呢。把店产和家财分给他，你们在外面吃香的喝辣的，我在家里过苦日子，这合理吗？"

许鈇只能给自己的亲弟弟做工作，说："正因为我们是真正的弟兄，年纪又比堂弟大，叔叔死了，他就这一根独苗，我们怎么好与他争家产呢！"

许钰不服气，觉得他们合起来欺负自己一个人，于是将许金、许鈇告上衙门，还诬告许鈇侵吞了许汝弼的店产和存金。

连他的亲生兄弟都告他，这堂哥一定隐瞒了财产，要不然，他怎么

那么爽快就把店交给我了呢？说不定还有油水，许金也趁机诬告许鈇，说他暗自侵吞父亲许汝弼的财产。

街坊邻居看不过去了，对许鈇说，我们亲眼目睹，许家商铺是在你手里发展壮大的，你叔叔的尸骨是你收回的，你两个弟弟是你养大的，他们家的财产大部分都应归你才对。

乡亲们也纷纷站出来，说家乡的父老乡亲都能帮他讲话，那两个混小子只有败家的本事，你千万不能把你叔叔的家产给他们。

许鈇一贯老实本分，觉得人生在世，名声最重要。虽然，兢兢业业为叔叔家操持，没有功劳也有苦劳。但是，是叔叔让我出来磨炼的，我是替他经营的，不应该拥有他的财产啊。何况，家丑不可外扬，也免得后人说我以大欺小，只要亲友能够理解就行了。于是，把自己原有的股份也让了出来，只充当许金手下的一个伙计，靠着微薄的薪金勉强度日。

从一个老板变成账房先生，然后变成个伙计，两弟弟还看他不顺眼，干脆回家吧！家里还有贤妻和孝顺儿女。

许鈇的妻子汪富英见丈夫落魄而归，没有一点抱怨，反而安慰他，说他行得正坐得端，既然有一技之长，不如自己行商。于是拿出嫁妆

明代歙县许国牌坊

给许钚当生意资本，还帮助丈夫料理杂务。

但是，两个弟弟没有理解，总认为是他们父亲的财产，处处刁难。许钚倍感伤心，身体状况越来越差，视力渐渐下降，最后双目失明了。

但是，他始终没有忘记教育自己孩子，让他们做人诚信为本，处处要为他人着想。告诉他们，做生意只是钱财的需要，读书多了才有大出息，把钱财看作身外之物，只有知识才学是自己的。

儿子许国从小体弱，曾经大病七天昏迷不醒，后来又掉到水中差点淹死了。许钚对这个儿子格外痛惜，七岁的时候就教他认字读书写文章，没失明的时候，还带着儿子到处游历，给他讲为人的道理，鼓励他勤学上进。天冷的时候，饥寒交迫，裹在被子里还要他背诵课文。

许国也不负父亲的期望，十八岁那年便考中了秀才，三十九岁考中进士。后历任内阁次辅，

许国像

代理首辅，少傅，太傅，吏部尚书，文渊阁大学士，终成一人之下，万人之上的朝廷重臣。而许钚也被诰封为五品衔。

而许钰、许金两人争得了财产却不会经营，只会大手大脚花钱，很快耗尽家产，垮了身体，两个人没到中年就死了。

许家的亲朋好友都说："'善者生财，恶者败财'，真是天理昭昭，疏而不漏啊！"

拿钱赎囚犯

那是一个阳光明丽的一天,程文傅刚满六岁,正在家门口晒着太阳诵读诗书,突然有人送信来了,说他在京城当官的父亲程道中生病死了。他听到噩耗,当即哭倒在地。以后披麻戴孝,呼天抢地,天天在门口对着远方磕头,盼望父亲灵柩早日回来。

可是,京城遥远,家又在山高路长的穷乡僻壤,拿不出钱把灵柩运回家乡歙县,也没人能去经办这事。

按理说,他家世代官宦,曾祖官至盐运使,祖父官至象山县知县,父亲也官至中书舍人,可谓官宦世家。可是徽州出儒商也出儒官,代代清廉。

程文傅的曾祖、祖父病逝后,他的父亲程道中为他们买墓地也没钱,只好将两个老人的棺木葬在县郊的义冢里,仿佛他们是无主尸骨一般。

到他这一辈人更是悲惨,小小年纪就成了家中唯一的男人,不仅不能见到父亲生前最后一面,连父亲的尸骨也无法运回来。幸亏,同是歙县人的许国在朝中任礼部尚书、武英殿大学士,了解他们,十分同情程家的孤儿寡母。告假回家探亲,带着程道中的棺木,同船运到歙县,还出资帮助程家安葬了程道中。

二十多年后，程文博已经成了富裕的盐商，在扬州娶妻生子后，生意正红火，突然一天接到家乡来信，说母亲病重。他连忙丢下所有生意，赶回家中去看望。

母亲已经瘫倒在床上，看着儿子眼泪汪汪，但还是说自己不要紧的，家里有的是佣人，让他回去照顾生意。

儿子夜以继日地守护在床前，端汤递水，倒屎倒尿都亲自操持，衣不解带地伺候母亲，同时也抱怨母亲，说早就要接她去扬州一同享福的，她偏要留在家乡老宅，说是要伴随父亲的尸骨。病成这样子，也不早一点通知他，自己千里迢迢到外面去打拼挣钱，就是为了让母亲过好日子的，如果母亲不好好享福，他赚钱还有什么意思呢？

程母说，她迟早要去见死去的丈夫的，只是一直放心不下儿子，现在见他成家立业了，丰衣足食了，她也该走了。临终拉着儿子的手，问他还记不记得许丞相送他父亲回家时候说的话？

程文博忍住悲痛，连连点头，说："儿子那时候虽然小，但还记得当时许丞相摸着我的头说：'孩子，以后你就是程家的依靠，你就是你母亲的依靠了。'"

母亲点头说："记得就好，读书不一定要做官，是为了懂得道理；经商不一定要发大财，是为了养家糊口。我们程家代代为官，可先人们却死无葬身之地，你父亲过世我们连遗体也无法运回来。他们虽然廉洁，也没人说个好。钱是身外之物，生不带来，死不带走，要做大家的依靠，多为百姓办点好事，就权当你母亲在世，你在孝敬我了……"

办理丧事之后，他记住母亲的教诲，哪里有困难他就解囊相助。需要架桥修路的地方他出资金；婚丧嫁娶的百姓他也赠银子；遇到哪里发生灾难，他义不容辞地挺身而出。

有一年，徽州遇见了少有的大旱，家家颗粒无收，有的卖儿卖女，有的逃荒要饭。他听到家乡有难，立即赶回，从外地买了一千多石稻谷救济乡亲们。

听说有一些灾民实在活不下去了铤而走险，偷盗抢劫，被官府抓捕后关在牢里。程文傅带着银两到衙门里去为他们担保求情，说他们都是善良百姓，而今走投无路，也是事出无奈，一定会改邪归正的。

他又是花钱打点，又是上下求情，拯救了不少青壮男人，帮他们脱离了牢狱之灾。一个个出狱之后，都找到他磕头谢恩，表示要重新做人。

知道他富而有德，向他借贷的人更不少。他也来者不拒，只要求助的，无论多少，都非常爽快地给予。以至于借条越来越多，最后装了一筐。

他八十岁生日那天，亲朋好友来为他祝寿，还有些借债的人准备那天还钱。程文傅就在家中大摆筵席，款待大家。一切就绪，他吩咐儿子，把所有借条收拾好，再准备一只火盆。

儿子知道他要干什么了，都劝他，说这些人欠债不还都许多年了，累计起来，仅仅利息都成千上万，不能连本金也不要了吧？

程文傅趁机开导儿子："人生有限，赚钱无限，吃饱穿暖足矣，不要贪图太多的金钱。天下第一大事莫过于读书，天下第一快事莫过于助人，我的赠言就是父亲送给你们最大的财富。"

果然，宴席开始不久，程文傅就让儿子端出一筐借条，一时人心惶惶，心想，今天这生日宴可不好吃，程老爷子要问我们要债了。

程文傅见有的人想羞愧地离去，招呼大家都坐下，然后说："今天请大家来不是讨债，而是清债。我程某人祖上连墓地也买不起，我父亲遗体还是许丞相帮着运回并资助安葬的，我能发家致富，也有亲朋好友家乡人的支持。你们是有困难才向我借贷的，没有还我，是因为你们还有困难，我不能做釜底抽薪的事。所以，你们的欠债，今天全部在我手里了结——就是不用还了！"

　　说完，令一个儿子端出火盆，程文傅面对众人，当场将记录债务的欠条放到火盆里烧成灰烬。满座宾客，无不感动，债券烧了，但主人慷慨大度的盛名却永远流传下来。

歙县仁和楼

冲冠一怒为琵琶

查鼎，明正德、嘉靖年间休宁城北人，号八十。怎么有这样的号？原来他出生的时候，正赶上祖父 80 岁的大寿，老爷子高兴，就给他取了这么个乳名，从小娇生惯养，长大以经商为业。因为查家世代做生意，他也跟着父亲和哥哥四处跑买卖。

一天，他和客人们到无锡去谈成了一桩买卖，尽兴之余，看见一家妓院正招揽客人，情不自禁与他们进去，准备享受一番。

妓院很快给他们准备了一桌酒，派了一个唱歌的，一个弹琵琶的妓女陪着他们。歌妓歌唱得好，琵琶弹得也不错，几位客人心情舒展，查鼎也放松心情，嬉笑起来。

他与别人不同，书读得多，调笑也出自于白居易的《琵琶行》，脱口吟诵道："千呼万唤始出来，犹抱琵琶半遮面。转轴拨弦三两声，未成曲调先有情……"

弹琵琶的妓女本是个轻浮之人，听得半懂不懂的，嘻嘻一笑："客官，我们是逢场作戏之人，哪里有什么情？你是笑我弹得不好，不成曲调是吗？那你弹给我听听。"

说着，那女子款款上前，把琵琶往他怀里一放，放肆地说："你若能把琵琶弹好，奴家就做你的有情人，你说好不好？"

满桌人听了，都哈哈大笑起来。

查鼐没笑，觉得受了妓女的奚落，一时恼羞成怒，端起桌上的酒杯，顺手把酒泼在地上："你嘲笑我不会这乐器是吗？等着，等我下次来的时候，我要是弹不好琵琶，就跟这杯酒一样扑倒在地!"说完他拂袖而去。

朋友们跟着出来，都劝他回去，说一个大老爷们，跟一个妓女较什么劲儿？

他却愤愤地说："男儿有志，岂能受女人侮辱？她能学会，我就学不会吗？我就是要学成琵琶高手!"

于是他四处拜师学艺，琵琶弹得一天比一天好了。但始终没达到最高境界。

听说寿州的钟山水平最高，还曾入内庭教习宫人。于是来到寿县正阳关钟山家门前，持侍生名帖，要求拜见钟山。

钟山知道是他来，微微一笑，对引荐之人说："如果说是常人来见，称之为侍生是合适的。但我听说查八十向妓女发誓后，带着琵琶到处拜师游江湖，今天想见我，不行弟子之礼，我是不会见他的。"

查鼐听到传出的话，说："我是闻听钟山先生的大名而来的，但是我没有听到他的琵琶声呀，如果真弹得好，我再行弟子礼也不晚啊。"

钟山在屋子里听见，什么话也不说，取出琵琶在屏风后弹了一曲，查鼐听得如痴如醉，然后跪在地上，膝行进门，到他跟前称弟子。

随后，带去千两银子给他祝寿。从此老老实实学艺。

五年之后，尽得其妙，以至于钟山说："查鼐都能当我的老师了，我哪里还能教他？"

徽商故事（明代）

后来,查鼏也被召进宫廷教习宫人弹奏。一次到南京旧院杨家喝酒,知道这里人擅长琵琶,查鼏取出琵琶弹奏一曲,一个妓女为他击板打拍子,才弹一两段,里面的瞎眼妈妈就称道:这人的琵琶与众不同。听了一半,让人扶出来,问他的来历。查鼏说是钟山的弟子。

原来瞎妈妈年轻的时候认识钟山,现在听到他传人的弹奏十分感动,抱着查鼏流泪,称他为琵琶国手。

这时候,他才去找过去讥笑他的那个妓女,一曲琵琶弹出,那妓女伏倒在地,不敢仰视他。

查鼏凭着琵琶高手的名号,生意场上来往更畅通,后来到苏州,还与唐伯虎、文征明等成了布衣之交。

徽州民宅

以墨换画

明代画家沈硕颇有名气,她的女儿在闺阁之中,就受到了父亲的耳濡目染,也能画一手好画,尤其是工笔绘出的折枝花和观音大士像特别出色。画风既有工整精艳的古典传统,又融入了文雅清新的趣味。

明代人特别喜欢供奉工笔绘制的观音像,尤其是女画家画出的当然更独具一格,许多人求画。

一个官吏的母亲信佛,听说女画家画出的观音大士像工而不板、妍而不甜,就让儿子请一幅来。可是,画家已经嫁人了,家境富裕,见都见不到面,怎么可能求得到呢?就让下人去找她夫君杨一洲。

但是,沈家之女有几分傲气,听丈夫转达了别人求购画像的意思,望着丈夫,似笑非笑地说:"莫非杨家而今经济拮据,需要我卖画养家吗?"

杨一洲脸上挂不住了,生气地说:"岂有此理,我绝不会靠妻子赚钱为生的。"于是将求画的人拒之门外。

那官吏的母亲得不到画像,一再催促儿子办理,儿子没办法,只好去找方用彬求助。

方用彬作为经营文化艺术品的商人,当然有他的一套方法,试探地说："女画家的观音大士像是可遇而不可求的,在市场上价格很高啊。"

官吏说,只因母亲供奉需要,再贵也不惜金钱。

方用彬心里有数了。他在经营过程中,一贯采用灵活多样的方式,以加快商品流通和资金周转的速度,获取可观的利润。既然不能直接面见女画家,那就采取投其所好,以物易物吧。而艺术藏品的互通有无是文人、收藏家之间最常见的交往方式。

方用彬本人也是个艺术家与收藏家,书画篆刻都不错。他知道,书画家都喜欢文房四宝,即使不绘画,平日里写诗写信也要用墨,徽墨就以它的高优质量成了画家最喜爱的佳品。

于是,方用彬就用重金买了一盒最好的徽墨,这墨不仅质量上乘,而且上面雕刻着一对鸳鸯,上面还有"文采双鸳鸯"的字样,登门拜访,送到杨家。

徽　墨

不用说这是精致的文具,简直就像艺术品一般,那上面的字也提高了墨的档次。

杨一洲献宝一样给妻子。女画家一看,这墨果然非凡:神采坚莹,质地细腻,试着一用,墨色纯净,画出来的观音大师格外有神采。

于是问这墨是从哪来的?听说是方用彬送来的,女画家抿嘴一笑:"醉翁之意不在酒,他好好送墨干什么?"

丈夫如实相告:"他只是夸奖你,说你的观音大士像画得真好,如果用上好墨,一定锦上添花。"

妻子点头："你难道不知他是个文化商人？其实是想买画的。"

"啊？我们杨家人，不以卖画为生，也不缺那几个钱。"丈夫原本为妻子自豪，现在被她一说，似乎小瞧自家，又有几分扫兴。

"不过，方掌柜此举不俗，"女画家颔首赞道，"来而不往非礼也，我们也应该投桃报李是不是？"

丈夫高兴了："我们回他什么礼好？"

"他那意思，不就是想要我的观音大士像么？你就给他去信一封，感谢他的好意，说无以为报，转赠他一幅菩萨像，这样我们双方都有面子了是不是？"

"要多长时间呢？"

"我这里有张半成品，加工一下就行了。"

这个方式好，举止文雅，让自命清高的妻子不再反感，自己也对朋友有个交代了。杨一洲点头称好，于是致函方用彬，说"稍待一二日"，

即可奉上作品。

　　方用彬拿到了作品，卖给了官吏，做成了一笔生意。以后也经常用这种方式送礼，书画家在接收礼物之后，大多答应创作作品，他也由此获得了丰厚的利润。

方氏墨谱

为了回乡当书商，托梦见过阎王

光禄寺这几天传出一件怪事：光禄署丞吴勉学疯了，居然说他死里逃生，到阎王殿里走了一趟才回来。逢人便道阎王爷说他阳寿已经到了，他苦苦哀求，说愿做好事，赎回生命。阎王问他要做什么好事？他说吃错了药，就因为医书有误，所以回去即使倾家荡产，也要反复校对，重新刊印医药书治病救人。阎王爷这才放他回到阳间。

前些日子，吴勉学就唉声叹气，精神萎靡不振，仿佛得了大病的样子。

衙门里前后请了几个大夫给他看病，也说不出个所以然，给他开了几服药就走了。他吃了药也没见好，一天深更半夜，突然跑出卧室，在院子里狂呼大叫，说他必须要辞官回乡，重新刊印医学书籍，否则阎王爷还要找他算账。

开始人们以为这事荒诞不稽，但是他居然能够把大夫给他开的什么药，出自什么书什么方子，怎么前后矛盾、互相冲突都叙说了一遍。谁也不知道，吴勉学少年时候就喜欢读医学书籍，"生病"之后根本没吃那些药，反而口口声声说缺少"当归"一剂药。

"当归？不就里说他应该回去吗？"见他说得言之凿凿，一副丧魂落魄的样子，上司就准许他解职归乡了。

临走吴勉学向京城好友陆生辞行，而且还上所借的书，一副神清气爽的模样。书里掉出一张纸片，是一首诗：《蒋济民自光禄署丞调主靖安簿满考入京乞致仕赋以送之》，捡起来还给他，问是不是他写的？

吴勉学说，这是顾青写的，不是诗有多好，只是说到自己心里去了，跟着吟诵道："黄龙浦南云水乡，八月鲈鱼三尺长。远游不奈乡思苦，归去正及秋风凉。内朝供奉参鹭羽，西江抚字留甘棠。丈夫事业无小大，看取老圃寒花香。"

听出他的心思，陆生惋惜，叫着他的字："师古啊，说什么阴曹地府阎王爷，是你这小子装神弄鬼编出来的哦，十年寒窗苦，就为取功名。你如今高居庙堂之上，为何还要想回乡？"

在人高眼低的京城，陆生是他难得的书友。吴勉学对他说了实话：自己本是徽州西溪南人，出身世代业商的家庭，父母却希望他读书做官改换门庭。好不容易官至光禄署丞。他干了不久，就觉得以皇室膳食为专职，每天油盐柴米酱醋茶之类无聊透顶。最苦恼的是没有书读，尽管锦衣玉食，哪抵家中万卷书。

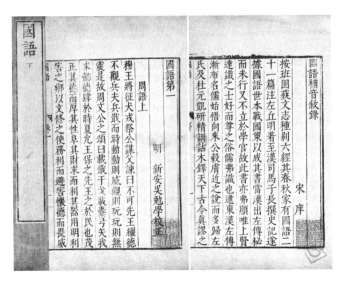

徽商吴勉学所刻《国语》

陆生说，自己不是经常借书给你看吗？

吴勉学摇摇头说，对方的书没有自家藏书的千分之一，等他回徽州老家，现在借过他一本书，以后可以送他十本书。因为，辞职还乡后，就当个刊刻图书之人，不就有许多书了吗？

陆生依然为他可惜，接过他手中的诗，指指题目："你的前任，蒋济民不就从光禄署丞调靖安主簿了吗？做官升迁有望，还有俸禄可以养家糊口啊。"

吴勉学摇头笑道：做官不是读书人唯一的出路，如果能印出更多的书，让天下读书人都受益，书才读得更有价值。普及众生、弃儒从贾，难道不是功德传世吗？

回家之后，吴勉学就用自己的字开了一家名曰"师古斋"的书坊。

明代商业发展，促进了通俗读物、戏剧读本、日用指南、科技用书的兴起。勉学见多识广，家中藏书丰厚，搜集书籍版本更加容易。

但他与别的书肆老板不同，不去制作追赶时尚、谋求利益的畅销书，他要建立功德，重点印刷《十三经》、《二十子》、历代正史等经史子集之类书本，弘扬正统文化，不惜花费巨资刊刻如《资治通鉴》、《两汉书》、《世说新语》、《花间集》等。

他采取与别人联营等多种方式，如：自己出资请专家校勘；自己校勘请其他书商刊印；自己刊刻请其他书贾代销……既增强自身校勘印的力量，同时也缩短了刻印周期，更保证了出书的质量，校刻的经、史、子、集数百种，都校雠精审。

明中叶的鉴赏大家谢肇淛认为，吴勉学的刻本不亚于宋版。

《四库全书》的编纂者在辑录《河间六书》时，特别赞赏吴勉学的辑刊之功："《河间六书》二十七卷（通行本），明吴勉学编。勉学字肖愚，歙县人……今存其总目于此，以不没勉学缀辑刊刻之功焉。"他们甚至依据吴勉学刻本校改了《世说新语》。

要刻印最好的医书

　　尽管"冥司案"是吴勉学辞官的托词,民间以讹传讹,仿佛他真到阴曹地府走过一般。

　　其实,新安的医学环境良好,让他从小读了许多医学书籍,具有很广博的医学知识。但是,他也在阅读当中发现大量差错,想到这些治病救人的书谬种误传,不仅损害健康,而且加重病情,甚至害人性命,他愤恨不已,始终没有放下广刻医书的宏愿,而且坚持刊刻医书必须有脉统观念。

　　一旦投入,他亲自参与校勘,认真纠错补漏,特意在他经手的刻本卷端加上"新安后学吴勉学校正"或"吴勉学××合校"等字,打出自己的名字,就有文责自负的担当。

　　吴勉学在校刊《痘疹全书》时发现,不同作者不同书名的居然有六本之多,无法定论真正的作者。经过反复翻阅、仔细考证,根据时间和其他方面的缘由推算,结果其余五本都出自于万全的《痘疹世医心法》,交相传录者一个错了,后面人跟着错下去。因此在将该书收入《痘疹大全》时,他以原本为主,严格进行了勘对。

　　他的观点就是"医有统有脉,得其正脉,而后可以接医家之统……"

抱着这样的宗旨,为了出好书,在刊刻大型丛书《古今医统正脉全书》时,他带着儿子专门去拜谒医学大家王肯堂。

那王肯堂不是什么人都见的,出身于官宦之家,父子进士,为治母病才学医的。官至福建参政。因上书直言抗倭被降职,这才称病辞归,重新精研医理。一个内外兼修之人,听说有商人求见,一口回绝。后来一看拜帖,是书商吴勉学,亲自出门迎进家来,盛赞他的书刊印得好。

吴勉学躬身致礼,说:"正是想出更好的医书,所以才来求助于王大人。"

王肯堂哈哈一笑:"吴先生的书可与宋代善本媲美,我能帮什么忙?"

吴勉学就说出了此行的来意,说:"吾观医集,率多讹舛,当为订正而重梓之。但本人才疏学浅,特地乞求于大方之家。"

王肯堂对吴勉学刊印的书了如指掌:"你刊刻的《医学六经》六种六十八卷、《刘河间伤寒六书》八种三十五卷、《痘疹大全》八种二十卷等,都体现了承继医脉正统的思想,刻工精良,装帧精美,装订考究,获得了学者士人纷纷赞誉啊。"

吴勉学也对王肯堂的书如数家珍:"哪及王大人您,编成了《证治准绳》四十四卷,竟然有二百二十万字。另外,还著有《医镜》四卷、《新镌医论》三卷等,无不精准优良,校勘严密,是医学大幸,是患者之大幸……"

两人相互推崇,心有灵犀一点通,大有相见恨晚之憾。吴勉学这才提出来,想出刊一套《古今医统正脉全书》,需要统编医学名著,从《黄帝内经》,到当时的医学著述,上下千年,纵横全国,需要极其高深的专业学术知识,所以来请王大人支持。

王肯堂沉吟片刻,捻须颔首:"我也早有此意,但如果成书,大约有

医统正脉序

醫統正脉序

醫學之統其來遠矣自神農氏嘗百草一日而化七十

靠是有本草黃帝與岐伯天師更相問難上窮天文下

窮地理中拯民瘼而內經素問作焉其間推原運氣之

變遷闡明經絡之標本論病必歸其要用藥務協其宜

井然而有條粲然而不紊若天元紀大論六元正紀大

論五常政大論氣高變大論至真要大論數篇乃全精

至微之妙道誠萬世釋縛脫難全真導氣拯黎元於仁

壽濟羸劣於生全者之大典也軒岐以下代不乏人扁

徽商吴勉学所刻医书

两百来卷，那可是一笔巨大的花费呀。"

吴勉学站起来慷慨表态："不要担心，这资金我来出。"

王大人惊讶地问："这要拿多少钱出来呀？"

"愿以十万家资成书，为百姓造福。只希望王大人百忙中抽时间校勘。"

两人一拍即合，很快投入花费巨资且勘校复杂的运作中。终于万历二十九年完工，《古今医统正脉全书》四十四种二百一十五卷。浩大的医著，成为我国最早汇刻的医学丛书之一。三百多年后，还列入中华十大医学丛书之中。

吴勉学一生刊刻图书三百多种，三千五百多卷，大量的刊印医学书闻名于世，吴本书籍也被称之为明代的善本。

木材商,让农民种树

　　与别的徽商相比,歙县岩寺徽商吴荣让与众不同。别人都是中途弃学经商,不说满腹经纶,也饱读诗书,他却是文盲。

　　其父在襄阳经商没有发财,养活一家老小都很困难,他还没得到读书的机会,父亲就过世了,靠着家里的三四亩薄田,全家人连喝稀饭也喝不饱。苦苦挨到他十六岁那年,就对母亲说要出去做生意。母亲不同意,说他扁担大的字认不到一箩筐,不识字怎么经商?

　　"我不能边干边学吗?"吴荣让对母亲拍着胸脯保证,"等我赚钱回来,也会认字了,接您出去享福。"

　　母亲苦笑了,说徽州人做生意的都是儒商,他连自己的名字都不会写,怎么做买卖?他马上用瓦片儿在青石板上划出了自己的名字。

　　原来,在松江做买卖的一个远房伯伯回家,他已经去求助过了。亲戚见他一家孤儿寡母作难,答应带他出去。他高兴极了,让乡里读书的娃娃写出吴荣让三个字,他一笔一笔依样画葫芦,终于会写出自己的名字。

　　过完了小年,带了两件换洗衣服和干粮,他就跟着远房伯伯到了松江。那一去就背井离乡,反把他乡作故乡了。

　　到了大码头他才发现,生意场上目不识丁寸步难行。他只有给老板倒痰盂，给老板娘洗马桶，扫地抹灰，打杂跑腿，每天忙得团团转，从来没忘记认字。

东跑西颠也请不起固定的老师，他怀里揣着一本书，口袋里装着写有生字的纸张，碰见儒生就请教，先学一些字词句章，然后读儒书经典，最先学会的居然是《孝经》。

等他三年学徒期满，才能回家看望母亲，这时候他已经能写会算了！又是三年独立经商，他才有钱回家娶妻生子。第三次回家，他是接妻儿老小迁移到新家去的。

这又是他与别的徽商不同的地方。别人都把徽州当做老家，一旦年老体衰，就叶落归根回家养老，所以赚钱后都在老家买地建房。吴荣让回家就对母亲背诵道德经："用天之道，分地之利，谨身节用，以养父母，此庶人之孝也。"

母亲听不懂："儿子啊，你说的是什么？"

吴荣让说："母亲，该儿子尽孝道了，我曾经承诺，发财之时，我要接你去享福的。"

以为到车如流水马如龙的松江，儿女欢喜雀跃，他却说到桐庐焦山安家。这地方母亲也没听说过，他也承认是穷乡僻壤，是做生意时发现的风水宝地。辗转多业后，发现木材生意赚钱多。而桐庐就是盛产木材的地方，焦山那里上有峰峦清秀，石磴巉岩，下有溪流波涛，通江达海，也方便木材运输。

妻子有些怪他，说偏远地方，将来儿孙读书都不方便的。吴荣让笑她头发长见识短，说桐庐那里自古儒学盛行，那小地方就出过两三个举人。相反，倒是松江之地"处士始饶，则以里俗奢溢相高，非所以示子孙也"，坚持要到艰苦的环境中让子孙磨砺成才。所以，才在桐庐焦山买了田地，造了房舍，正是为了培育后人，造福家庭。

一家人从安徽迁徙到了浙江定居，吴荣让家人适应当地的风俗习惯,把居住地当做故乡。再一次回乡,就让家乡贫困的子弟跟他到焦山来,让他们有书可读,有事可做,犯错了,他在庭院中用朱子家训责罚他们……同时,他广置田舍,建造了宗族祠堂,立宗祠,祠本宗,以共事祀。

吴荣让移民到浙江的亲属、子弟等都发展不错。经商的,成了他助手,读书做官的,也不忘他的恩德。

一个山乡到另一个山乡,母亲适应很快,只是有些担忧,砍树远比长树快,山上林木总有穷尽之时,那时还有活路吗?

安顿好了家庭,吴荣让就带母亲看自己的苗圃。原来他早已经意识到,不能做杀鸡取卵之事。为进一步开发生意途径,买来土地播种育苗,长成树苗免费提供给农民,动员他们大量种树,到时候他回收薪木与木材。然后用薪木换取茶叶、油漆等出售,既富裕了当地的百姓,又有再生之源,利润加倍。

停生意施粥

　　吴荣让发财了，百万身家却依然粗布衣服、粗茶淡饭，他舍不得吃，舍不得穿，赈灾救难做慈善，却十分舍得。

　　一次他到一个地方谈生意，刚刚下船，一群难民就拥上来，男女老少尽显菜色，几乎把他路都堵了。

　　他吩咐随从拿一吊钱来，一个人分几文。半天才走到商铺里，老板对他十分客气，却千方百计地压低价格，一贯豪爽的人，怎么如此小气了呢！

　　从掌柜到伙计全都摇头，说现在生意没法做了，今年大灾，遍地白骨，百姓饭都吃不饱，哪里有钱喝茶？你到外面看看，多少商家关门了？

　　吴荣让沿街走去，一看果然如此。他回来对老板拱拱手："来日方长，生意以后再议。能否帮我在这里租几间房子？"

　　商铺老板很奇怪，既然说生意以后再议，为何要留下来？他说要赈灾救民。

　　你一个外来人，到我们这地方赈灾，显示自己有钱是吗？老板不以为然，让手下人给他几间草屋，让他折腾去吧！

　　吴荣让还真不走了，他派人回去找来医生给灾民看病；叫家丁去运来大米;叫手下人给灾民熬粥……

在死亡线上挣扎的灾民们奔走相告:"一个大善人来给我们看病施粥了,听说还是外地来的。"饥民们感激不已,连连称赞尽心赈灾的徽商吴荣让是"吴大善人"。

乐善好施匾

一天两天,十天半月,他居然真的不走了。原先那老板坐不住了,跑去问他:"吴老板,看你穿得普普通通,看你吃得马马虎虎,生意中你和我们斤斤计较,怎么这个时候大方起来了?"

吴荣让说:"好钢要用到刀刃上,钱财要用在救命上。聚财求富,是我们谋生的手段;治病救人,是我们的良心。如果良心都没有了,那活着还是人吗?集善成德,富而好施是我们徽商的本能,也愿天下的商人都坚持儒家的仁义之道罢。"

那老板听了面红耳赤,其余商户们也坐不住了。他们靠着本地百姓发了财,却对灾民熟视无睹,有的还趁机囤货居奇,昧着良心发国难财。相反,一个外地来的商人却不分彼此,义不容辞地担负起救灾工作,我们本地商人是干啥的?于是,老板首先带头,许多商人也加入到吴荣让的善举中,坚持了三个月,直到百姓把灾难挺过去。

吴荣让虽然迁居他乡,但是不忘桑梓。家乡几次遭遇水旱灾害,他都慷慨出手相救,前后累计捐赠了数千两白银。

有一次遭遇大灾难,他一次性就捐银二千两。他还购置学田,为宗族捐赠银两建学宫,资助贫困子弟读书求功名。仅他带出徽州到外面发展的贫困子弟就有一百多人。乡民只要有困难的,他都伸出援助之手,借贷之后无力偿还的,他还焚烧了借条,告诉对方不用还了。

嘉靖年间发生大灾荒,吴荣让捐赠了大量的粮食。朝廷户部奉恩例对赈灾的义民赐以冠带奖赏。吴荣让却说:"善行义举,不是为了赏赐。"于是青史留名,百姓赞扬他一生行善,周人之急,赈人之乏,都夸他是大善人。

徽州唐模

集资开当铺,只放低利贷

又是一年春节到了,休宁程家擦洗门板的母亲终于对程锁说:"儿子啊! 为你爸爸守孝三年已经结束,今年,你就写一幅大红门对子吧!"

程家最小的女儿不懂事,马上拍手跳起来:"好啊,我们可以吃肉了!"

母亲抱住她,眼泪簌簌地往下流:"孩子,就是能吃肉,我们也没肉可吃。你爸爸一走,家里的顶梁柱倒了,拿什么养活你们,可能将来饭都没得吃了……"

程锁取了条毛巾给母亲擦去泪水,安慰她说:"母亲别难过,孩儿已经二十有一,应该担负起家庭重担,您放心,我要让弟弟妹妹们都有书读有肉吃。"

母亲摇摇头说,他一直在外面求学,手无缚鸡之力,身无一技之长,能干什么呢?

他对母亲说,父亲供我读书,已经非常艰难了,他过世时,我连回家奔丧的盘缠也没有,还是徒步走回来的。现在更别提读书的话,只有学外面的族人经商去。

"讨饭还要一只碗,经商要有资本,咱们家除了几张嘴还有什么?"

徽商故事（明代）

程锁早就想到这问题。大年三十陪母亲守岁,问她到底能拿多少钱出来? 母亲说东拼西凑,能有两百多缗,这点钱能做什么呢?

大年初一,亲戚朋友来他家拜年,程锁趁机与他们商量。说他想做生意,但是缺少本钱。堂兄堂弟都说,就因为本钱不够,要不谁还在家里呆着?

程锁趁机说出了他的想法:"既然如此,积少成多,我们合起来做生意怎么样?"

堂兄说可以,堂弟也赞同,还有个叔叔也想加盟。在程氏家族中,连他自己在内,居然凑齐了十个人。程锁动员他们:"每人拿出三百缗的本钱,十个人咱们不就有三千了吗?"

听说三百缗就可以出门做生意,母亲东借西凑,把给儿子准备娶媳妇的钱也拿出来,凑了三百给他。十户人家个个摩拳擦掌,准备出去大干一场。一个亲戚嗤之以鼻:"三千缗算什么? 我们过年放鞭炮比谁家放得多,我家还放掉一千多缗哩。"

叔叔听到说:"我们不和他们比谁有钱,我们要比谁能吃苦。"

程锁击节赞赏,说:"我们先立个誓言,这次出去要艰苦创业,不喝酒,不抽烟,不坐车,不赶船,就靠我们的两条腿,走出我们自己的康庄大道。"

打听到吴兴县的新市布业生意好做,他们先从贩布开始。一行人出发跋山涉水,天冷舍不得买一口酒取暖,天热舍不得买一顶草帽挡日头,两年就挖到了第一桶金。一个个欢欣鼓舞,都想把当初投资的钱领回去。

程锁是读过很多书的人,他对大家说:"分钱很容易,大家都高兴,不仅能把投资领回去,还有盈余,可以给家人过几天好日子。可是我们出来不是混饭吃的,难道大家不想赚更多的钱吗?"

大部分弟兄们说,当然想利滚利。程锁说出了他第二个主张。

前些日子，他到溧水一带贩布，看到一个男人跳河自杀，他跳下水去救起来。问男人为什么想不开？那人说，因为母亲生病，借高利贷买药，母亲还是过世了。而借的钱利滚利，不用说砸锅卖铁了，就是倾家荡产也还不了，只有以命抵债了。

程锁劝他："人死了债也烂不了，你的妻儿还要背上沉重的包袱。你暂时缓一下，我给你想想办法。"说完给他留下地址，回去与兄弟们商量。

大家都说没办法，急用钱的时候不能不借，还不了高利贷家破人亡的也不是一两户。

"我觉得还是有办法的，"程锁说，"都是寒门子弟，应该知道老百姓的艰难，我们可以而且有能力帮他们解决这个问题。"

叔叔说他讲笑话，自己刚刚才吃饱饭，哪里能帮助别人？

程锁就说了："我们开一个典当行，低息借给需要的穷人。"

叔叔大吃一惊，说："典当商需要雄厚的资本，在徽商中被称之为

当　铺

"上贾"，我们哪里有那么些钱？"

程锁说："当初我们生意没本钱，不是大家凑起来的吗？现在我们赚的钱不分红不还本，集中起来是一笔更大的资金呀。"

几个堂兄也赞成，这个生意能做，不那么劳累，利润丰厚风险小，钱生钱来得更容易。

大家佩服他的眼光，推举他开启了典当行业。程锁干脆就把生意做到溧水那里，把集中起来的资金，对乡民进行拆借。别人都搞高利贷，他搞的是低利贷。朝廷规定年利不能超过三分，民间黑心的高利贷甚至达到四分五分，有的甚至驴打滚，百姓怎么受得了？

程锁的典当业借贷出去就一分，那个曾经跳河的男人终于盼来了救星。奔走相告，老百姓们急着用钱，都来找徽州程老板，说他借贷讲诚信，低利息，对他感恩戴德。

1543年，溧水地区农业获得了大丰收，这对农民应该是好事啊！可惜谷贱伤农，他们的粮食卖不上好价钱，一个个依然生活在水深火热中。

程锁看在眼里，仗义贴出告示，声称依然用往年的正常价格收购粮食，百姓无不奔走相告，只有奸商笑他是傻瓜。

偏偏第二年溧水又遇到了大旱灾。别的粮商卖出的粮食价格翻番，有的甚至高出几倍的价格，老百姓哪买得起啊？只有程锁的粮仓充足，用头一年买来的粮食，按照平常价格卖出去。四乡八岭百姓都到他这里买米，他平价买进平价卖出，薄利多销，生意越来越火，他的分店甚至遍布苏浙一代。尤其是那些没米下锅的穷苦人家，甚至得到开仓放粮的救济，一个个感恩戴德，尊称他为"程公"。

倾家荡产也要讲诚信

这天,济南一家货栈的罗老板焦头烂额,他已经第七次在商铺里问了:"那个徽州商人江才还没有消息吗?"

店铺里的人都连连摇头。他拍着脑袋连连跺脚:"不仅我的商店茶叶断档了,三百两银子的货款我已经付出去了啊,逾期半月,怎么货物还没有到? 难道他卷款潜逃了吗?"

"不会吧?"账房先生见多识广,慧眼识人,说道,"徽商都是儒商,他们一贯信奉儒家学说,言而有信,我们打过多年交道,江才老板怎么会是这样的人呢?"

"既如此,怎么过去这么多天没有一点儿消息? 不行,这批货物太多了,我得亲自去看一下——"

老板说着就要出门,一个伙计把他拦住了,说自己才从老家探亲回来,赶船的时候风高浪急,听说长江里翻了一艘大货船,算日期,似乎正是……运货到这里来的那条船……

听到这里,罗老板往椅子上一瘫,连声叫不好,货物一定沉入江中,江才一定葬身鱼腹了,我可是钱财两空啊!

就在大家悲伤的时候,伙计眼睛锐利,发现外面来了一个状若乞丐的人:衣衫褴褛,蓬头垢面,深陷的眼窝里,一双眼珠有几分惊魂未定的惶恐，也有几分抱惭怯羞的内疚。这不正是江才吗？

"老板啊，我对不起你啊——"正是江才，刚刚说完这一句，一头栽在地下，昏迷不醒了。

账房赶紧端着一杯热水，蹲在地上，扳开他的嘴慢慢灌下去，对方渐渐才苏醒过来，热泪长流，坐在地上，叙述他一路的遭遇。

果然，他的货船在大江里被风浪打沉，所有货物沉入江底，他抱着一块船板才浮上岸边，身无分文，一路乞讨，赶来向他们报信。

见他没死，老板稍稍松口气，但想到自己那么多的货物沉入水底，一头恼火，愤愤地说："你说过人在货在，拿什么赔我？"

江才哆哆嗦嗦地站起来，颤巍巍地说："罗老板，你放心，人宁贸诈，吾宁贸信，人不死债不烂，我一定赔你……"

罗老板说："别说得那么文乎乎的，我这边货已经断档，本来指望你的货源来接济，现在让我生意怎么做？"

江才说："回家的路还近一些，否则我已经回家了，我此来不仅为报个信，也为罗老板解燃眉之急。请借我一套干净衣服，吃饱肚子，借给些银两，我去济南交往过的商家，为你们调剂一些货物过来。不信我给你立下字据……"

罗老板又是生气又是着急，心想让他吃饱穿暖不难，可他一个落魄之人，到哪里能给我调剂一些货物来？想起来心疼不已，胸口发闷，头冒虚汗，支持不住，赶紧回家吃药了。

账房先生信任江才，把他扶到店堂后面，拿出自己的衣服给他换洗，又吩咐人给他下了一碗面条，再给他一些路费，让他赶紧回家将息。

江才吃饱穿暖了，打起精神，一定要留下字据，说按照他们上次的清单，下月保证再送上货物来。说完这才告辞，到济南府其他熟悉的客户中调剂了一些货，以供罗记商号的急需。这才回到徽州老家。

郑氏正在家中辅导四个儿子读书，见丈夫突然回来，又惊又喜，问他为何连个书信也没打来，临时回家有事吗？几个孩子赶紧上前问候。

家中依然如故，太师椅分列两边，"福寿连绵多子多孙"的长条香案上右古钟、左古镜，取意为"终身平静"。东边放着花瓶，西边放着镜子，取意为"东平西静"。中间的那个屏风更是精妙绝伦：彩石雕上，福禄寿三星在梅花鹿、松、鹤、祥云灵芝间观图，在平安的大背景下，吉祥如意又长寿，寓意绝妙。

往日亲切的家，而今让他触景生情：商海无涯，风波迭起，哪有平静？取下帽子放在大瓷直瓶上，坐下来长叹一口气，眼泪就簌簌地流下来了。

妻子让几个孩子到后院读书，奉上茶来，见丈夫满面菜色，骨瘦如柴，坐在椅子上垂泪，连忙嘘寒问暖，问是不是生病了，他摇摇头，凄楚地说："贤妻啊，我此行回来，只是茴香萝卜啊。"

那是送他出门经商时妻子说的玩笑话。他承诺——回乡（茴香）

之时,决不落魄(萝卜)。现在却丧魂落魄地回到家中,有何面目见妻儿老小?

妻子劝他先喝下一杯热茶,然后坐在他对面慢慢询问,江才这才把遭遇说了一遍。妻子心疼丈夫,心中暗暗落泪,但表面上依然和颜悦色,说:"没事没事。只要人平安,留得青山在,不愁没柴烧,你先去洗澡更衣,全家人吃个团圆饭,有事我们晚上再说。"

看见妻子这么镇静,没一点责怪他的意思,江才有几分羞愧,又有几分心安。按照妻子的吩咐沐浴更衣后,妻子已经把满桌佳肴摆好,在孩子们面前他强装笑脸,大家欢欢喜喜吃了晚饭。

回到卧室,点亮油灯,郑氏让丈夫在床上靠着休息,这才捧出一个盒子,端到他面前轻声说:"夫君啊! 我知道你心中压着一块大石头,为妻来帮你搬开。"

江才摇摇头,说那船货物不是小数,价值三百两银子,山东店铺的家当全部投进去也赔偿不起。

郑氏将盒子打开,里面都是一张张田契。郑重地说:"山东的财产留着你继续做买卖,客户的货物,我们用家产抵还。"

江才欠身起来,一张张看去,大吃一惊:"我们家有这么多家产吗?"

妻子告诉丈夫说,他寄回来的钱财,除了儿子们的学习开资,省吃俭用,都用来置办田产了。欠债还钱,天经地义,赶紧把这些良田卖掉,再次置办货物,给济南罗老板送去才好。

丈夫还有顾虑,说急忙之间抛出,那可卖不上好价钱。

妻子摇头:"管不了那么多,过去听你教育儿子,咱们信奉儒学,徽州商人以诚信为本,亏自己也不能亏人家啊。"

看着妻子深明大义的模样,江才伸出双臂,紧紧搂住妻子,贴着她的脸颊,耳坠净光光的,没有耳环;握着她的手腕,没有一个手镯,想起自己弃农经商的决心，都是由妻子的付出支持的，更加感动。

江才十三岁就跟哥哥杀猪卖肉，还要干农活才能维持生计，家里人多地少，面朝黄土背朝天，一年也没几个收入。

一天劳作之后睡在床上辗转反侧，长吁短叹，妻子问他为何不想做点买卖？

江才说家徒四壁，哪有本钱？

郑氏下床，点亮油灯，端到梳妆台前，对着镜子，取下了金耳环，然后，又褪手上的玉镯子，可是终日操劳，手骨节粗大，怎么也取不下来，就要丈夫起来给他帮忙。

丈夫问她要干什么？她说，你不是要本钱吗？我这里有。

江才大吃一惊，这可是你的嫁妆啊！你进我家门来，我没有让你穿金戴银，也不能把你父母给你留下的传家之物给我吧！

妻子笑笑，说："带在身上，不能带来温饱，不能增加财富，还不如你拿出去以钱生钱，养家糊口靠你，儿孙读书进取也靠你了……"

江才感动不已，只好帮着褪，疼得她呲牙咧嘴的。心中好大不忍，就说算了吧！有一双金耳环可能做点小本生意。妻子说不够，要做生意，还得走出去，包括路费盘缠，钱是人的胆，穷家富路，能带多少是多少？你快去拿点香油来，滑润了才能取下来。

江才为妻子手上抹了香油，一对玉手镯取下来后，她的手已经红肿了，丈夫又是抚摸又是吹气，两眼都涌出了泪花，妻子却轻轻地推他一把说：只要你加油干，以后不做"茴香萝卜干"就行了。

江财带着妻子准备的干粮，和哥哥一起到了杭州。先到当铺里打杂三年，不能回家，天热舍不得买一顶草帽，天冷舍不得买一双袜子。逢年过节老板给徒弟发几两肉，他都要用盐腌起来，放在罐子里，等有客商往他们店里过，回徽州的时候带到家里去。

满了学徒期，又有三年只拿一半的工钱，直到六年之后，他才和哥哥开了自己的油盐杂货店，可是本小利薄，也只能简单维持生活。

江才有远大志向，不愿意困守在哥哥的小店里，于是沿着大运河到山东。走南闯北，到处打听市场行情，了解紧缺物资，利用差价，贩运物资，家境渐渐好起来。

他觉得有愧妻子，依然省吃俭用，把钱往家里寄，一方面让她培养几个儿子刻苦读书，另一方面让妻子吃好一点穿好一点，再买一些金银首饰。

没想到，妻子全部用来置办了田产，现在又如数交出来，让他赔人家的损失，家有贤妻无价宝啊！

当晚，烦恼多日的江才第一次睡了个好觉。日上三竿，妻子找来人，买田买地的乡民在家里等候他。很快筹集了一批资金就准备要出门。

妻子又对他说，你光带钱是不够的，我再给你一个人，就是我们的大儿子江琇。一个人打水不浑，让他给你去做个帮手。

如果说前面江才只是感动的话，现在他已经震惊了，想不到妻子这么深明大义，忍痛割爱啊！

郑氏说，他可以跟随你增长见识，晚上也能识字读书。再有，我担心你一蹶不振，他还可以为你助威壮行。

儿子也说，父亲教导过我们："世事洞明皆学问，人情练达即文章，"跟您闯荡也是学习。上次翻船因为走的水路，这次咱们走旱路，我给你当保镖，保证一路顺风。

儿子正在读书，母子分别，十分不舍。江才打起精神，与妻子和三个儿子告别："走吧，我们就来一个，'驴上徽州，不死不休'。"

妻子捂住他的嘴巴，不要他说不吉利的话。爷儿两个出门，用高价买到罗老板所需的全部物资，运到济南，如数交货，还把山东其他店铺挪用的货物一一还清了。

　　这么快他就兑现了承诺，罗老板感动不已。山东的其他商家知道这事，也纷纷传颂他诚而有信的事迹，纷纷向他订货。一年多以后，江才又站稳了脚跟，不怕挫折，锐意进取的精神也教育了后代。

　　江琇、江珮兄弟两人深受教育，继承了父亲的优秀品质，倾家荡产也不能让客户受损失，坚持长途贩运，辗转多地，以诚信安身立命，后来"累金巨万，拓产数顷"，成了一方豪富。

浙江乌镇

屯溪老街的第一个"开发商"

　　休宁在黄山西南侧,那里崇山峻岭、茂林修竹,风景十分优美,是读书人的天堂。自古以来崇尚儒学,注重教育,哪怕只有几户人家的小村庄也有朗朗书声。程维宗就是其中的一个读书人,他天资聪慧,勤奋好学,小小年纪就已经是秀才了。十九岁到杭州参加乡试,可惜名落孙山,又辗转多处,拜访名师,但时局变动,读书做官这条路走不通了,前途茫茫,路在何方?

屯溪老街

所幸徽州自古有儒商传统,天无绝人之路,程维宗看到家乡交通不便,货物流通困难,他就把地方土产运送出去,再把乡民需要的生活用品运进来。生意渐渐越做越大,到屯溪江边集散货物,率水、横江水路畅通,船只运输更加方便。

洪武年间(约 1380)一个春天的上午,他运来一船茶叶,到了屯溪两江交汇的地方,听说杭州人对祁门、屯绿的茶叶十分喜爱,茶商收购的价格也很高,可是抵达杭州的船只遥遥无期。

如何解决这个问题?他在岸边徘徊,看见江面宽阔,水流缓慢,一条客船扬起风帆,缓缓驶来,心头一动,涌起一句唐人王湾的诗句:"潮平两岸阔,风正一帆悬。"突然心胸为之舒展,这哪里是瓶颈?这正是我经商的坦途,只是这里需要建一座驿站罢了。

过去这里只是一座小渔村,元末明初,渐渐建起沿江的一些居民房舍,好在周围竹木山石建筑材料样样齐全,程维宗买来材料找来工匠,很快建立了几座栈房,作为分类存放货物的地方。

有的放茶叶,有的放竹炭,有的放山货。物美价廉的时候收购来存放此地,等到市场销售旺季,有便利的交通工具了,再运送到各个码头,大大节约了成本。

栈房渐渐发展,成了外地船停泊屯溪来此购买的货站,盈利更加丰厚。他积累了百万家资,然后广置田产,在歙县、休宁县购买了四千亩田产,让三百七十多农家耕者有其田了。

正在他事业兴旺发达的时候,发生了一场大火,把家园烧成一片废墟。在冒着袅袅青烟的房舍前他茫然若失,心想:我怎么这样倒霉呀?学业有成赶上科举无望,积累了资产却又被烧个精光,他抱着脑袋蹲了两个时辰。

"夫君啊,你在外面艰苦创业,我在家中克勤克俭,我们没做任何对不起人的事,怎么就遇到这样的灾难呢?都怪为妻治家不严,让我们万贯家财毁于一旦……"妻子在一旁嚎啕大哭。

看着妻子痛苦的表情,突然间苍老的面容,程维宗站起来扶住妻子,反而安慰她说:"这不怪你呀!旧居年久失修,我们也早就应该建新房子了,既然烧掉了,还是迁到别的地方去建新居吧,好在货站里还有货物,本乡外土还有田产,不至于没饭吃。"

夫妻俩正在相对悲泣,突然一阵鸣锣开道的声音传来。他们惊愕地抬起头,发现轿子里的人居然是休宁县令杜引喻。同为读书人,见程维宗有文化,有气质、智力超群,与官府交往不卑不亢,两人颇谈得来,得到通报,知他家有难,特地赶来慰问的。

夫妻俩感动地拜谢他。

徽州民宅

县令说:"应该感谢的是你们,帮助乡民运出货物,又给他们带来生活必需品,繁荣一方经济,帮助百姓谋利,程先生功不可没。灾后重建,新宅一定更加恢宏。"

程维宗难过地说:"一场大火,是上天给我程氏家门的惩罚啊,对我来说,想必是风水不好,虽然故土难离,还是打算迁移出去,在西溪南重建新居……"

"不可不可,"县令劝告他,"程先生啊,美不美家乡水,本土虽然险峻,但是前后养育了文武状元十几个,可见这是风水宝地。还仰仗你继续发家致富、造福桑梓,千万不要走啊!"说完让手下从轿子里取出一百两银子,给他暂时安家用。

程维宗坚持不要,说自己有田有货,可以在祠堂里暂时安家。县令说是自己的俸禄,就算借给他造新居添砖加瓦吧,以后摆脱困境了再还他就是。

临走还说了句笑话:"你还是在老地方安家吧,否则走远了,我到哪里找你讨债去?"

见县令走了,他记住了造福桑梓这四个字。心想,家中突然被焚烧了,是否因为自己替百姓做的事少了呢?不能把心思全部放在自己发家致富方面啊,以后,更要讲求义利之道,见利思义才是。他重新审视了经营理念,把根留在故土,把眼光投向远处。

他在原地建成新居,不像别的徽州商人,没有楼台亭阁的豪华,却有配套建筑的齐备。故居处建五间楼阁,阁前造了一排铺房供人贸易。铺房前面又建了五座亭子,一直通向山外,供一路往来的行人歇脚,夏天还有免费茶水供应,散乱的民居群变成了草市。

他又筹集资金开挖了两里多长的水渠,可以灌溉良田一千多亩,让附近农民都受益。

接着,在老家建起"宅积庄"囤积物资;在阳湖建"知报庄"备军役;在临溪建"高远庄"作为缴纳粮税之用;在威干建"嘉礼庄"供礼仪待客等用;在杭坑建"尚义庄"为赈济百姓之用……颇有文化底蕴的命名,不仅显示了他的学问，更显示一个商人为家、为乡、为民、为国高瞻远瞩的宽广胸怀！

这时，他要去还县令的钱，县令说："不忙不忙，有庄兴农，有街才富。你看我们屯溪老街只有几家屯聚货物的栈房，这还远远不能成为街市，我那点儿银子就算投资吧！"

程维宗大受启发，在别的商人恨不得垄断天下时，他却要一花引来百花开。为屯溪繁荣市场大兴土木，陆陆续续建造了四十七间店铺，一段曲尺形街道，集中了街上最早的八家商栈。后建的一家家商铺还有两三层，粉壁黛瓦马头墙，雕梁花窗美人靠，精巧美观，方便实用。

有的两进两厢，有的三进三厢。有的前店后坊，有的前店后居，有的前店后库，还在店铺之间建起亭阁，供来往行人休息。四方商家都来租赁开店，各取所需，开发了屯溪第一条街市，在青山绿水之中，就像一幅流动的清明上河图。

期间，县令早已仕途别迁，他派人去外地找寻，要接来参观指点，被告知对方已经告老还乡了。他这才理解"为官一场，造福一方"的含义，更激励他经商为国为民的决心。

因为出租田地、出租房屋收入巨大，成了当地的纳税大户，每年充库银一万余贯。还做到了富而有德，爱民爱国，输粮于边，支盐行销，捐献军粮等样样带头，被称之为徽商楷模。

洪武十一年（1378），篁墩程世忠庙被大火烧毁，他捐白银二百五十两重造寺庙；洪武十八年（1385），他被推选为粮长，不仅带头纳税纳粮、筹备舟车代为运输，还要负责催交粮款。有的贫苦百姓生活困难，为富不仁的财主舍不得出钱，他毅然决定不再收税，三千余两白银税款他一人捐出了。永乐初年，屯溪连年大旱，他慷慨解囊，捐麦一百三十余石无息贷给佃农，实在困难的还可以不还。

徽州民宅

　　永乐年间(1403—1424),朝廷第二次攒造黄册(户口簿)和鱼鳞图册(土地簿),又是他一个人担当起编算者的全部费用:饮食、笔墨纸砚、灯油费等……

　　积善成德,程维宗活到八十二岁高寿才仙逝,但他开创的屯溪街市,六百多年来繁华着一方徽州土地,后人也将他奉为屯溪徽商第一人。

三十万银子买清军封刀

1644 年,满清在北京建都,翌年即 1645 年(清顺治二年,南明弘光元年),努尔哈赤的第十五个儿子——豫亲王多铎便被封为定南大将军,统军南下攻取残余的明朝之地。

他是一员猛将,一路势如破竹,挥师南下,强渡淮河,十二天后就兵临扬州城下。

南明的弘光政权内部却正进行着激烈的党争,左良玉不与李自成正面交战,反而以"清君侧"为名,顺长江东下,争夺南明政权。马士英急调江北四镇迎击左军,致使面对清军的江淮防线陷入空虚。

扬州都督史可法无兵马可调动,虽率军民顽强抵抗,终无外援,粮尽矢绝,城防崩溃,被俘后宁死不屈,扬州城彻底被清军占领,陷入地狱之中。

那时天降暴雨,残暴的豫亲王多铎在扬州进行了一场大屠杀,尸横遍野,血流成河,处处残肢断首,恶臭弥漫全城。

有钱人忙着大量隐藏他们的金银财宝。贫困百姓忙着烧香拜佛,一个个听天由命,束手无策。只有倾盆大雨怜惜扬州,没有让冲天大火蔓延,保住了一些房舍。

徽州商人汪文德却一反常态,不但不埋藏金银财宝,而且四处要债借贷,说要筹集几十万两银子有大用。朋友都为他着急,问他这个时候了,怎么还把钱往外面拿？他说藏起来有什么用？人死了也用不上了。

朋友问他,拿这么些钱还能跑得出去吗？汪文德说,我不是要把钱带出去,而是要带着这些金钱去拜见豫亲王多铎。

躲藏还来不及,怎么还要往虎口里钻？

他说,现在已是满清天下,扬州全被满族人、蒙古人、投降的汉人占领。我们躲得一时,还能藏得一世吗？

有人说,城里已经贴了告示,说如果躲藏的人能够站出来自首的话,就能得到赦免。

清军屠城(画)

汪文德劝大家:“清军杀人已经杀得疯狂了,自己手下人亲眼所见,许多藏在家里的人出门后,都被捆绑起来集体杀死,倒在地上的也不能幸免。这烟柳繁华之地如今变成了一个地狱,我不忍心再看见无辜的百姓被杀害了,所以要筹集银子三十万两,准备只身前往清军军营,去买通豫亲王放下屠刀,停止杀戮。”

同仁们纷纷摇头:“疯了,这人真是疯了！这个时候,能把自己身家性命保住就不错了,你还管得了别人？”

汪文德凛然说道:“我自幼离家来扬州谋生,是扬州百姓养活了我,这里已经成为我的第二故乡,该是回报它的时候了！在下不甘被戮，说不定能置之死地而后生呢？"

亲朋好友都忙着保命保钱去了，只有他弟弟汪文倩知道，哥哥是个知书懂礼的儒商，"心计过人，持筹握算无遗策"，于是也要求和他一起去。

汪文德严词拒绝："豫亲王多铎年轻气盛，凶残暴烈，扬州几十万人都被他带来的清军杀害了，我此行是无可奈何之举，凶吉未卜，你去干什么？"

弟弟见哥哥满目凝霜，很是不忍："哥哥，你何必如此冒险呢？"

汪文德抚摸着弟弟的肩膀说："没办法，只有这一条路可走了，倘若不能救扬州百姓，看看能否买我们弟兄一条生路……假如我遇难，家族的产业还要靠你来经营，你是万万不能去的。"

汪文倩见哥哥去意已决，也坚定地说："大哥，我不仅是你的兄弟，也是扬州的百姓，眼看着兄弟姐妹被人杀害，也不能见死不救吧。弟兄俩一同前往，也好有个照应，便于见机行事，否则我会后悔一辈子的。"

既然如此，他们带着银子一起去见豫亲王多铎。

已经收纳了不少投靠来的贰臣叛将，难道又有汉人来求个一官半职吗？多铎端着架子命他们进去。

王府设在一座抢来的豪宅里，汪文德弟兄两个胆颤心惊地进入。见多铎高坐堂上，前额宽大，下巴突起，体貌伟俊，身穿精美的锁甲护胸，端着皇帝赏赐的嵌珠佩刀，满帽皂靴上还有金带子，身后站满了清军将领，其中也有不少扬州叛将，又是愤怒又是害怕。

多铎见他们两人文弱书生一般，问是来干什么的？

哥哥上前说："我是徽州商人汪文德，在此地做买卖，这是我弟弟汪文倩。"

"做生意的？都是为富不仁，无利不起早的家伙，难怪历代重农抑商。既然文不能测字,武不能当兵,百无一用,杀了!"多铎板着脸头一甩。

弟弟上前一步护住哥哥:"豫亲王明鉴,我们到扬州经销盐业已经多年,对此地的繁荣昌盛也有一份功劳,没做过伤天害理之事,为什么要杀我们?"

清军的叛将们笑起来了,对多铎献策:"盐商有的是钱,有的富可敌国,让他们交钱来。"

多铎轻轻点头;"好啊,你们有钱是吗? 送上银子,饶你们不死。"

汪文德拉开弟弟,上前一步说:"豫亲王,我们今天就是来奉献银子的。"

啊,银子? 多铎笑了:"看看你们的小命值几两银子?"

"进来——"汪文德吩咐随从抬着一个个大箱子进来,打开箱盖,银闪闪的光芒亮瞎了人们的眼睛,一听有三十万两,满堂惊呼。

多铎很奇怪:"扬州有钱人都把钱财藏起来,我们还要通过奸细带领,才能挨家挨户搜查到一些,你倒是自觉啊! 主动奉献如此之多,可以饶你们不死。还有什么要求?"

汪文德说:"小人已经献出了全部家产,不仅我们家人要求活命,也为扬州百姓请命……"

"胆子不小!"多铎怒目圆瞪,"史可法为民请命,我尚且没准,你不过一介草民,有什么资格与我讨价还价?"

"豫亲王,小人斗胆前来,不仅是为扬州百姓着想,也为大人您着想啊。"文德说。

"此话怎讲?"多铎感兴趣了,身子前俯。

汪文德循循善诱地说:"豫亲王,今日大半个中国已在你们囊中,扬州也被你们占领,既然都是满清天下,扬州百姓也是满清的百姓,请不要再杀害子民吧! 如果这里成为空城一座,谁为你们纳粮上供呢!

不爱百姓的王朝终究是维持不长的……"

豫亲王怒吼一声："胡说，我大清需要的百姓，是愿意效忠我大清的子民，而你们扬州人呢？却跟随那史可法顽固抵抗，造成我们惨重的损失，不杀不足以平本王的愤怒，不杀不能立我们大清的军威。"

见旁边他的随从已经拔刀相向，汪文德心一横，豁出去了，侃侃而谈："你们突破山海关而来，杀人无数，号称是为了你们的家国壮大；而中国军民也有家国，他们保家护民没错。史可法将军与他的手下已被你们俘虏杀害，扬州死亡数十万人，远远多于你们的死亡人数。而今剩余的百姓既没参与战争，也手无寸铁，百姓无辜，万物有灵，岂能妄杀？"

除了以死抗争的，就是奴颜婢膝的，这个商人不简单，有胆有识，说得头头是道。多铎听到这里微微颔首，放低了声音："你虽是做买卖的，却有几分见识，说起话来文绉绉的，看来也是读书人啊。"

弟弟代他答道："我们徽商人世代耕读，知书懂礼，都是儒商，不像……"

眼看弟弟要说出诋毁对方的话，哥哥拉了他一把及时制止，指着那些银子说："败者无外交，这三十万两银子，就算是我代表全城百姓赔偿你们的损失，可清军也不能再让扬州百姓受损失了吧？"

"哈哈。"豫亲王哈哈大笑，"汪先生会说话。你为民请命，高风亮节，有才有德，练达明敏，本王答应你就是了！在我们大清王朝，却不太轻视商人，愿意留在我身边任职吗？"

汪文德当即叩谢，跟着又站起来说："我们为扬州百姓感谢豫亲王不杀之恩。但是兄弟两人在商言商，缺少兴邦治国的才干。而今扬州几成废墟，生意难做，家乡父母年迈，请放小民回徽州尽孝则不胜感激。"

豫亲王点点头，当即发给汪文德兄弟俩一块金牌："凭此令牌，你

们将畅通无阻,二位可即刻启程。"

汪文德对他的承诺将信将疑,还是三十六计走为上吧,于是让可靠的账房先生看守店铺,手持豫亲王的令牌,带着家小火速离开扬州,回到故乡徽州。

多铎也是满清王孙的异类,他从小受宠,风流倜傥、率性而为,可也不是不明事理之人。

汪氏兄弟走后他陷入沉思,想起史可法临死前也要求他放过满城百姓,那时自己能够理解。明朝将领吃着朝廷俸禄,保民是他应尽的责任。而汪文德兄弟只是追逐利益的徽州商人,却以仁义之心舍财安民。

多铎被一个商人的义举感动,想想自己的野蛮报复已经够了,于是命令全体清军封刀,整顿军纪、停止屠杀,埋葬尸体,修缮房屋,三天以后开始向百姓发放赈济口粮。

攻占扬州时他凶暴野蛮至极,却对下一个目标南京开始实施怀柔政策:他去拜谒了明孝陵(朱元璋墓),对南明大小官员一概留用。下令建史可法祠,优恤他的家属。为剃头之事,还郑重地在各城门贴出告示:"剃头一事,本国相沿成俗,今大兵所到,剃武不剃文,剃兵不剃民。尔等毋得不遵法度,自行剃之。前有无耻官员,先剃头来见,本国已经唾骂。特示。"

这些举措安定了民心,他的大军从南京到杭州长驱直入,清军轻而易举地占领了全国最富庶的江浙全境,清政权也得以巩固。

待汪文德再回扬州之时,已经形势安定,可以继续经商了。但汪文德投掷重金买得扬州平安的事迹传遍天下,《扬州府志》也记载下他们献金保民的美德。

扬州东关街今貌

徽商领头抗倭寇

倭寇,是东南亚人们对海盗的贬称,多来自日本,也有中国的亡命之徒,他们横行海上,杀人越货,有的深入大陆,烧杀抢劫,危害极大。

嘉靖三十四年(1555)六月七日,浙江杭州湾南岸上虞县居民正在纳凉,海边不知何时停靠了一只外国船只,那船突然着火了,下来一百余名倭寇开始了入侵我国东南沿海的行动。他们兵分两路,其中一支部队往西北而来,以凶残的手段和机动灵活的战术打得明军措不及防,节节败退,竟然从徽州一路杀到泾县,又到了南陵。

芜湖之南,大片房屋被烧,许多军民被杀,一片烟火。芜湖民众得知后,县丞陈一道父子率领骁健力战独进,沿着泥泞的道路抗击敌人,却在南陵全军覆没,父子俩不幸战死。

倭寇抢劫

徽商故事（明代）

噩耗传来，眼看芜湖这座远近闻名的商城将惨遭荼毒，无数生灵将被涂炭，商铺要关门，百姓想逃难，满城人心惶惶。这时，一个叫阮弼的人站出来了，他振臂高呼，号召青壮年人组织起来保卫家乡保卫乡邻。

认识他的，知道阮弼是芜湖首富，他不仅做染纸，还扩大到染布业，把零散的小作坊聚集起来，联合成立了浆染局。染色纸、染色布畅销半个中国。可他是歙县岩寺镇人，既不是官吏，又不是军人，大可以回乡避难，何必担这份风险？

阮弼却说，他少年时代就来芜湖经商，产业俱在此地，不仅接来父母赡养，而且把赚来的产业一分为三，给两个弟弟各一份，为他们成家立业。所以，芜湖已经成为自己的第二故乡，家族的命运也与此城休戚与共，绝无后退道理。长街商铺云集，市声若潮，不能毁于一旦。他当众发誓，不赶走倭寇绝不罢休。

倭　寇

不了解他的人，见他已年过半百，看起来文弱，说起来儒雅，可毕竟没有领过兵、打过仗，有什么能力抵御一路杀过来的外敌？听说那些倭寇能手接飞矢，几千明军死在他们刀下，我们这些手无寸铁的百姓如何能打得过？

阮弼联络乡民，出了告示，说正是因为饱读诗书，知道"国家有难，匹夫有责"，商人不能只保自己家产，也有责任保护一方百姓，否则"皮之不存，毛将焉附"？芜湖没有城墙，敌人一旦入境，谁敢说能保住身家性命？我们人多势众，未必不能战胜敌人。

他制定了周密的御敌计划，出钱购买武器，招募青壮男人，组织了一支几千人的保乡团。集结好队伍，拿出钱来杀猪宰羊，歃血盟誓。

他站在高处，斑白的胡须在风中飘拂，清癯的面目充满凛然大义，他说："我们怕什么？倭寇是人，我们也是人，即便他们是气势汹汹的老虎，但远道而来，已是强弩之末，我们人多势众、地形熟悉，即使杀不了，也能把他们赶出去！"

他捐资抵抗倭寇的壮举，不仅让芜湖百姓感佩，更激励了在场的几千男儿，大家众志成城，排兵布阵，严防死守。倭寇见芜湖严阵以待，不敢贸然闯入，绕道而走，从太平府绕道去攻打南京去了。

芜湖百姓欢欣鼓舞，地方官吏为他请功。朝廷得知一个商人竟然能挺身而出、保护人民，理当论功行赏。

阮弼坚辞。他说："我只是士农工商这四民之末的生意人，做了自己应该做的事，何德何能受此大赏呢！"

粥赋门——一座徽商的丰碑

阮弼领头抗拒倭寇，却不接受朝廷赏赐，只是关心芜湖的安危。趁此进言，说芜湖城池空散，应该筑起城墙，才能保障安全。官府盘算，那得花费多少钱财啊，没有采纳。

他只能退而求其次，想到县丞父子的牺牲，都因为芜湖到南陵的道路崎岖险峻、交通不便，于是带头捐出重金，为此地修路。

芜湖商人见他为抵御倭寇见义勇为做出了榜样，于是纷纷解囊相助。

终于，一条砖石铺砌的大道从芜湖通向南陵，两地官商百姓的往来也方便了许多。

事实证明，阮弼的担忧是有道理的。芜湖由于没有城墙，连官府也遭遇劫难。先是县衙金库七千缗铜钱被劫，万历二年（1574），又被盗贼劫走五千八百缗铜钱，地方国库空虚，就是想筑城也无能为力了。

这时阮弼已年过古稀，两个弟弟过世，他们的家小及儿女都靠自己养活。可为了保一方平安，他又一次举起义旗：呼吁大家出资修城。拿出巨资，号召大家捐款。

芜湖人议论纷纷：一个徽商，为了芜湖人民的安危，多次慷慨出钱出力，我们有什么理由不见贤思齐呢？

大家被他的精神感动，一个全城捐款热潮迅速掀起，不但商人出钱，而且百姓也捐款，三个月没到，就筹齐了所有的经费。

公元1581年，官府没花一文钱，就建起了固若金汤的芜湖城垣，而护卫着长街商铺的西门城楼独立翘楚，全是由阮弼独自出资修建的，被朝廷誉为"百城之冠"。

百姓与官吏纷纷要求为阮弼请功，朝廷又颁敕礼服赐予他。阮弼将近耄耋之年，须发全白，更显示出一派仙风道骨。对于颁敕之旨，依然平静如水地婉拒："商人没能冲锋陷阵，只有捐款赈军，与用生命保家卫国的士兵相比，不过只是捐出了部分钱财，实在有愧，不该领取朝廷的赏赐啊。"

皇帝得知，颔首称赞阮弼嘉言懿行、高风亮节，更坚定了要赏赐他的决心。只是以名代物，改变了方式。

按照明朝成规，民间凡年满八十以上的老人，朝廷下诏赐爵一级。阮弼只有七十九岁，朝廷为其破格放宽年限赐级，以示恩重，还将他名列榜首。由阮弼独资修建的芜湖西门城楼巍然屹立，如谱写一曲轻财重德的诗赋。于是以他的名字命名为弼赋门，勒石刻字，流芳百世，以示表彰。

阮弼并没有受宠若惊，乐善好施，依然如故，关心着他的浆染事业与芜湖百姓安危。

他的后人开拓创新，发展壮大了芜湖浆染业，形成"织造尚松江，浆染尚芜湖"的全国五大手工业基地之一。

大富翁,亲自伺候传染病人

芜湖是阮弼的发迹地,他在这里经销印染生意,成了一方富豪,接来了父母兄弟,而且把财产一分为三,两个兄弟每人都得到一份。购买了田地作为生活基础,挖掘了池塘养鱼捕鱼,开垦了菜园,一年四季收获瓜果蔬菜,佣人雇工有一百多人,可以说举家安置在芜湖了。

但是,他依然把徽州歙县作为故园,经常往来于歙芜之间。这次他又回到老家,宴请同族亲戚,席间少了一人,是他的一个堂弟。过去每次都见到他的,今天怎么不见人了?问他到哪里去了?那堂弟的大哥连忙说:"小弟不能来了,他得了伤寒,在家里躺着哩。"

阮弼立即站起来:"你们怎么不早说?我应该看看他去啊。"

堂兄拉他坐下说:"不能去,伤寒传染啊。他又是发高烧,又是拉肚子,大便都带血,连左邻右舍都躲得远远的,从他家门口过都绕着走。"

"你弟弟生病,你还有心事在这里坐得住?"阮弼不高兴了。

"我守在他跟前也没用,我又不是医生,如果传染上了,我一家老小怎么办?"堂兄振振有词,只顾自己吃菜喝酒。

亲朋好友也都不让他去,有人悄悄对他说:"你跑去干嘛?他们家里人都离病人远远的。"

"生病之人更需要仔细照顾！谁照顾他呢？"

一个亲戚告诉他，没人照顾，家人每天只是往他窗口里递一碗饭进去，病人可怜，一个人孤零零躺在床上等死。

阮弼心里难受，那一餐饭吃得索然无味，饭碗一丢，朝大家拱手告辞，亲自到堂弟家里去了。打开反扣着的门，窗边桌子上放着一碗冷稀饭散发着馊味，床脚下一个粪桶散发着臭味，病人躺在床上呻吟。

他家人见阮弼来了，原本都来迎接的，一看他进病人屋子里去了，众人如鸟兽散开。一个个都是怕死鬼！阮弼想找个帮手都找不到，一肚子恼火，可是他什么话也不说，到床边问了几句，门一关拔腿就跑了。

堂兄远远地跟在后面，见他进门一会儿就跑了，暗暗嗤笑：还说我们不管兄弟，你不也怕传染吗？

哪知道没过多久，阮弼就带了一个医生来，医生说屋子里太脏不愿进门。阮弼让他在外面等一会自己去打扫。

医生就告诉他要预防传染，用石灰洒在地上床下和粪桶里，用艾水熏蒸消毒等等。没人愿意做帮手，阮弼一个人干，把房间打扫干净，还把粪桶倒了，屋里撒了石灰后，医生才进去。

大夫把脉之后马上开药，让阮弼去买，还说："此病传染，你这哥哥仁义啊，可是怎么不早点请我来看呢？"

躺在床上的病人热泪盈眶，说："我的亲哥哥都离我远远的，这只是我的一个堂哥，还在城里做大生意，现在回乡才知道我生病……"

"莫非是阮弼大官人？"大夫大吃一惊，见病人点头，说，"他买卖做得大呀！这么一个大富翁，居然还来照顾你一个传染病人，难道不怕死？"

阮弼笑道："病人是我的兄弟，做生意的人也讲究亲情。拯救生命，有时候不是用钱，而是要亲历亲为。谢谢大夫来给他看病，医生难道怕传染就不给病人看病了吗?"

大夫连连拱手,夸奖他仁义,但是也指点他,如何消毒和预防自己不被传染。阮弼送医生走,然后买药回来,让他的家人煎好了送过来,自己亲自喂病人吃药。

堂兄见阮弼那么近距离靠近他小弟,也不得不到门口来支应。

阮弼让他拿来干净衣服,找艾草烧热水送来,下面条送来。阮弼亲自喂病人吃饭,给他擦洗身子,换了衣服,把被褥被套全部换上干净的,换下的衣服被褥都用热水烫洗……

当天晚上,堂兄要请阮弼吃饭。他坚决不去,说:"你们可以不管这个小老弟,但是我要管这个小堂弟,今天晚上我就要陪他过夜,我就不相信我会被传染。"

那个堂兄面有愧色,赶紧送来一些好吃的,阮弼也不推辞,白天陪着病人一起吃饭,晚上和他同一个房间睡觉,每天定时给他喂药。

不出几天,病人就坐起来了,再过几天,病人能下床了,哥哥原来等着给弟弟收尸的,看着弟弟居然恢复了健康,羞愧难当,那些起初对病人避让不及的人,都来答谢阮弼。